夜不語

詭秘檔案

夜不語
詭秘檔案

夜不語

詭秘檔案

夜不語
詭秘檔案

夜不語

詭秘檔案806

Dark Fantasy File

人肉叢林

夜不語 著 Kanariya 繪

CONTENTS

叢林，在很多人的理解中，大多都認為是比較小一些的森林。但如同許多所謂「普通人都知道的小常識」一般，有些所有人都覺得自己心知肚明的小常識，其實是錯的。

叢林的本意，是指僧人聚居、修道的樹林。其後也指大量高僧圓寂後，被埋葬的樹林。

這個解釋，是不是很離奇，是不是很意外？

樹木具有比我們想像更加不可思議的能力，世界上大多數的國家，多有一塊或者多塊禁止進入的叢林或森林。那些叢林每一個，都如同陸地的百慕達，少有人進入後能夠活著走出來。

別急，聽我，細細道來！

楔子之一

徐目和女朋友吵架了，吵得很凶，砸了各種東西，看來這次是無可挽回，非分手不可了。

然後，他醒了，呼了一口氣——還好是場夢。

但是仔細一想，夢裡那個妹子徐目根本不認識，所以自己到底有沒有女朋友？

這時候，門外傳來一個嬌滴滴的聲音：「親愛的，你睡醒了嗎？我幫你買了早餐。」

隨後房門被推開，一個身材臃腫的黃臉婆拎著塑膠袋走了進來。黃臉婆從他床前走過，走到隔壁床去了。自己這是在醫院裡？

他轉過臉，看到自己床前趴著一個長髮妹子，看不清臉。徐目伸手推醒了妹子，她抬起頭，好漂亮。

妹子說：「爸，你醒了。」

徐目問：「我為什麼會在這裡，妳媽呢？」

「爸，你睡糊塗了？媽早就死了。」

「什麼，現在是哪一年？我得了什麼病？」徐目急忙問。

「現在是2046年，你得了絕症，醫生說你只剩一個月可以活。嘻嘻，不過現在醫學發達了，醫院已經治好了你的絕症。」

「太好了。」徐目還沒來得及高興，長髮妹子就情緒低沉了下去。

「可是為了治病我們把家產全賣了，現在不但付不起醫療費，連家都沒了。」

徐目渾身一抖。

「放心啦，爸，好在我找了一份工作，收入還不錯，至少夠我們父女倆過日子的。哦，昨天我一晚接了五十個客，實在是累壞了，所以剛才睡著了。爸，你想什麼呢？我說的是接待客戶。咳咳。唉，可是現在抓得嚴，毒品生意不好做了。」

「妳！」徐目頓時瞪大了眼睛。

這時一個穿白大褂的醫生走進來，厲聲訓斥：「小麗，妳給我出去！」

女孩做了個鬼臉，咯咯地笑著跑出去。

醫生尷尬地笑了幾聲，「不好意思，那是我女兒，她老是喜歡跟病人惡作劇。」

徐目撓撓頭，「這裡是什麼醫院，我到底得了什麼病？」

「這裡是精神康復中心，你得了妄想症，總是幻想自己有個女朋友。」醫生說。

「搞了半天我還是沒有女朋友……」徐目悶悶道。

「不，你有一個女朋友，而且長得很漂亮。」

「她人呢？」

「你得了精神病，她不堪負荷和你分手了。」

「你胡說！我沒病，我要出去！我要去找她！」

「是的，你確實沒病，是我們誤診了。」醫生遞來一份表格，「請在這裡簽字。」

「這是什麼？」

「這是確認你精神正常的診斷書，簽了之後你就可以出院了。」

徐目拿起筆飛快地簽了字：「我現在可以走了吧？」

醫生一招手，兩名員警走進病房，朝他亮出手銬：「請跟我們走吧。」

「這是怎麼回事？你們要帶我去哪裡？」徐目嚇了一大跳。

員警嚴肅地說：「你女朋友要跟你分手，你一怒之下把她殺了，然後偽裝成有精神病想逃脫罪責，但是醫生已經確認你精神正常，所以請你跟我們走吧。」

員警上前要拖走他，他拚命掙扎，「不要，我沒有殺我女朋友，我！我想起來了，我根本就沒有女朋友！」

員警停下手，笑了。隨後他們脫下警服，露出了白大褂。

醫生走上前，「你終於想起來了。你得的其實是失憶症，我們剛才用震撼療法，終於讓你恢復了記憶。」

徐目喘了一口氣：「搞了半天，我還是沒有女朋友。」

醫生笑了，「當然沒有，你都結婚這麼多年了⋯⋯」

徐目似乎想起了什麼，也笑了，「是啊，我想起來了，我有一個漂亮的妻子……」

醫生收起笑，一臉嚴肅地看著他，「那現在告訴我，你把你老婆的屍體藏在哪了？」

徐目傻了。他覺得自己現在的經歷，就好像是前段時間網路上流傳的一個段子。

他快瘋了，他覺得自己又快要搞不清楚一切了。

他到底有沒有女朋友？有沒有女兒？有沒有妻子？他有沒有殺掉妻子？自己，將妻子的屍體……

究竟藏到，哪裡去了？

楔子之二

「喂喂，你們有沒有聽說過，狗窩鎮附近有一片望不到盡頭的森林。」

「騙鬼吧，狗窩鎮這鬼地方，出了鎮就是黃沙。風大的時候，張嘴就吃一口沙子。還森林呢，我怎麼從來沒見到過？」

「真的，不騙你們。那個森林很詭異，只有受到邀請的人，才看得到，進得去。據說森林裡，處處都是古董。上次我二嬸家女婿的鄰居，那家人的小孩不是得了白血病，很需要錢嗎？鄰居急瘋了，想要去借高利貸，可高利貸聽說是要借去看病當救命錢，心知肚明他根本沒有還錢能力，竟然不借給他。」

「那鄰居絕望了，騎著爛摩托車回狗窩鎮。晚上走著走著，居然在縣道旁看到了一片從來沒有看到過的森林。他好奇的走進去後，撿到了好些好東西。回來就發財了。孩子的白血病也治好了。」

酒吧從來都是都市傳說蔓延的地方。喝酒的人剛開始的熱情沒了、該說的話也說光了、黃段子也講完了，自然而然，就會扯到離奇恐怖的話題去。

扯出狗窩鎮附近有詭異森林的是一個女孩，史輝並不認識，應該是朋友的朋友。最近的史輝有點不順，做生意生意虧、重金買彩票連末獎都中不了，就連去自動販賣機買飲料，都會被吃錢。

如果哪一天喝白開水噎死了，他大概一點也不會覺得意外。因為他，實在是倒楣透了。他的朋友苗暢見他整天愁眉不展、心事重重，死拽活拽將他拉出來透口氣。這才有了今晚的酒吧聚會。

十幾個人圍著喝酒吃零食，看著舞臺上重低音炮轟鳴的表演。史輝的心思卻不在酒吧中，就連眼神都是飄忽的。直到他聽到有人在講狗窩鎮旁森林的都市傳說。

扯出這個話題的女孩長相普通，穿著一般，坐在女孩堆中，一旁的朋友說說笑笑，她則臉上帶著神秘兮兮的表情。或許所有人開始講都市傳說的開場白時，都會不由自主的露出「你別告訴別人，我就只說給你們聽」的標準表情。

那女孩同樣如此。

「什麼離奇森林嘛。我才不信呢。」女孩的朋友顯然不信。說實話，狗窩鎮邊上有森林這種事情，也難怪有人覺得很扯。

地處陝北的狗窩鎮，千百年來風沙化都很嚴重。雖然最近幾年防沙治沙工程有了些進展，種植了大量的防沙林，可也僅僅限於土壤沙化不太惡劣，至少植物還能存活的地方。縣道旁的防沙林地底下，埋了滴灌管道，所以一些特定的抗旱樹木長得還不錯。但是出了滴灌區，那黃土被風吹起，鋪天蓋地，眼睛都睜不開。

這種鬼地方，怎麼可能會有森林！

但是史輝，卻心臟猛地一跳，聽得耳朵都豎了起來。對此感興趣的，似乎不是只有他而已。

一個戴著眼鏡，看起來斯斯文文的男生咳嗽了兩下，開口道：「類似的傳說，我也聽說過。其實不只是我，路邊森林的故事，有好幾個版本。」

「他是誰？」史輝用手搓了搓自己的朋友。

朋友苗暢揉了揉腦袋，尷尬地笑了一下：「我查查。」

「這不都是你叫來的嗎？」史輝瞪了他一眼。

「其實都是我微信群裡的，我在幾個群裡叫了幾聲，問有沒有人要一起去狗日的酒吧喝酒。最後十多個人報名了。其實很多人我都是第一次見到。」苗暢掏出手機看了看參加者的名字，「眼鏡男叫金武。」

「看起來文縐縐的，名字倒是挺威武。」史輝撇撇嘴。

眼鏡男一本正經地扶了扶眼鏡：「不光是現代，就連古代，狗窩鎮旁有森林的傳言，也很多。但是所有的傳言，都指向這幾點。一，那座森林平時是看不見的。二，收到邀請的人，才能進去。三，進去的人都發了財。」

「但是故事的最後……」金武轉頭，看向短髮女孩：「妳二嬸家女婿的鄰居，從森林裡回來後，妳有沒有聽說他之後怎樣了？」

「就是有錢了，還清了債務，治好了孩子的病，就沒有了。」女孩想了想。

「真的沒有了？」眼鏡男專注地看著她。

女孩猶豫了一下，「沒有了，之後我沒聽說過別的了。」

「嘖嘖。」金武摸了摸自己的下巴，嘴裡怪聲怪氣的「嘖嘖」了兩下後，居然再也沒說什麼。

他顯然還有半截話留在了肚子裡，沒說出來。一旁的人被他那古怪的表情弄得心裡癢癢的，可他死活都沒再開口。

話題又轉回了森林的傳說上。

「你們不是說去那座森林，需要得到邀請嗎？」有人問：「可是，笑笑，你們二嬸家女婿的鄰居，明明是迷路了才到那座森林的。和傳說不一樣嘛！」

短髮女孩原來叫做笑笑，人如其名，雖然她長得一般，但是笑起來別有一番味道。

笑笑，笑了一下：「我也搞不懂。但是二嬸家女婿的鄰居的兒子告訴我表侄女後，我陪表侄女玩時，表侄女又獻寶似的告訴了我。好像所謂的邀請，並不是真的邀請。而是一種可以看見那種森林的方法，而表侄女的鄰居，在回狗窩鎮前，恰好做了那某一件事。」

「他做了什麼？」所有人的胃口都被她吊了起來。

笑笑苦笑，「這我哪知道。我表侄女的鄰居沒告訴她。而且她年紀小，就算聽到大概也忘了。」

「寶藏啊。暴富啊。」沙發座裡的所有人，都有些心不在焉，坐不住了。

史輝沉下了臉，問朋友：「我說苗暢，你這些網友，怎麼一個二個都想往錢眼裡鑽。聽個都市傳說罷了，滿嘴臉的想要發財。究竟你是拉了什麼類型的群出來啊？」

苗暢臉上的肌肉扯了扯，沒回答這個問題。

大家就著「發財、暴富」這兩個方向，熱烈地聊了起來。主題越來越偏。

「真希望有一筆橫財啊。我都快要瘋了。」其中一人感嘆了一句後，整個沙發座裡的所有人，同時陷入了沉默當中。

「要不，我們去找找那座森林吧。不是說所有從森林裡出來的人，都發財了嗎？」憋悶中，不知道是誰先提議。

「可是我們不知道，該怎麼去森林啊。更何況，那座傳說中的森林到底有沒有，都是個問題。」一個長髮女孩猶豫道。

而更多的人，則轉頭看向了笑笑：「笑笑，你們二嬸家女婿的鄰居既然在森林裡發財了，那肯定知道去森林的方法。要不妳去問問？」

笑笑撓頭：「人家不一定告訴我啊。」

「笑笑，恐怕妳也沒什麼選擇的餘地吧。妳還剩多少時間？」笑笑身旁的好友突然問了一句。

這句話，再次令所有人打了個寒顫。他們各有心事，唯獨這句話，將所有人的心底和猶豫都戳穿了。

同樣被戳穿的，還有笑笑：「還剩不到五天就會違約。」

「大家都和妳一樣，走投無路了。」笑笑的好友嘆了口氣，苦笑道：「對不起，是我連累了妳。」

「這什麼話，是我自願幫妳的。」笑笑搖了搖頭，強作鎮定：「好吧，我去找那個人問問。假如問到的話，大家都要一起去嗎？」

「一定的。」大多數人紛紛回應。

「那我先回去想想，該怎麼問才好。大家都是同一個群組的，在微信群裡等消息吧。」笑笑想了想後，下定了決心。她也不浪費時間，連忙和自己的朋友先離開了。

看著女孩的身影消失在「狗日的酒吧」大門前，極為壓抑的沉默再一次彌漫在沙發座中。

「那大家也散了吧，準備準備，在群裡等笑笑的消息。」眼鏡男金武似乎對那座森林很感興趣，他提議了一句後，也走了。

剩下的十餘人逐漸走的走散的散，最後只剩下苗暢這個起頭者，和他的好友史輝。

史輝斜著眼睛看苗暢：「他們都是一個群的，苗暢，你這個群的朋友怎麼通通都古古怪怪的。每個人都一臉苦大仇深，而且似乎許多人都不認識對方。你到底有什麼瞞著我？」

「如果真有進入那個森林的方法，你去嗎？」苗暢問。

史輝沉默了一下，最終搖頭：「不去。」

「史輝，你也欠了不少錢吧？」苗暢看著他：「我記得你曾經說過，你的父親，也就是伯父，曾經進入過狗窩鎮一座看不見的森林中。家道中落的你們家，就是那時候發財的。可惜錢到你手中，活生生的那麼大家業被你弄沒了。關於那座森林，你肯定知道些什麼。」

史輝瞇著眼睛，聲音也變了，「苗暢，我當你是兄弟，結果你在暗地裡算計我。我就說怎麼話題突然就變到什麼莫須有的森林去了。你哪裡是什麼替兄弟我散心，你明明是有意想從我嘴裡知道一些那座森林的情況。」

「兄弟，我也是走投無路了。」苗暢苦笑著，將自己的手機丟到史輝面前：「你不是好奇我今天叫來的是什麼人嗎，自己看！」

史輝低頭看了一眼手機螢幕，一個群名稱赫然映入眼簾——網路貸款還不上怎麼辦維權群。

「你借了網路貸款？借了多少？」史輝大吃一驚。

「借得不多，就一隻蘋果手機的金額。我女朋友想要新款，但是我剛好手頭沒錢。就在一家現金貸APP上借了些。本來每個月都按時還就好，可我真是倒楣透了，工作出問題丟了，女朋友也跑了。沒錢可還。」

苗暢嘆了口氣，「沒錢還怎麼辦？只有找別的借款App借錢，還上一家的。結果最後越借越多，幾個月後，一隻蘋果手機的金額，已經翻到四百萬的本息。我完全還不起了。」

「你小子報警啊！」史輝急著道。

「報警沒用啊。借款APP裡有一些我的把柄，最後我也慌了，找周老三借了一些。」苗暢看向史輝：「聽說你也欠了周老三的高利貸。」

史輝聽到周老三這個名字，臉色頓時沉了下來。

「今天來的每一個人，基本上都被套了，欠了一屁股的網路貸款。每個人，至少都背著百萬的應還款，而且最近就要還。所有人都被逼得走投無路了。」苗暢說得咬牙切齒：「這社會，走的每一步都是坑。看起來月朗風清的，似乎小美好的生活，一不小心就會落到坑裡。被比你惡的人宰得體無完膚、家破人亡。這一點，史輝，你該比我更有感觸才對。」

史輝咬緊牙關，「但是那座森林，我爸一直告誡我，除非不要命了，否則不要進去。」

「你現在還剩幾口氣？等周老三過幾天來催你還錢的時候，不要說你家那座你拚命想要保住的老宅會被他賣掉，就連你的命都要掉幾截。」苗暢拍了拍他的肩膀：「兄弟，是搏一搏的時候了。」

史輝沉默了。各家有各家的事，人生確實有跌宕起伏，這不意外。可意外的是，其實大多數人在低潮的時候，是走不出來的。能走出來，重回巔峰的，只屬於很少部分的人。

他想保住老宅，從周老三手裡保住手腳四肢。或許，真的如同苗暢所說，是時候，進入那座尋常人看不到的森林，拿命搏一搏了！

第一章 恐怖森林

假如一棵樹在森林裡倒下，而沒有人在附近聽見，它有沒有發出聲音？

這是一個非常出名的哲學問題。

思考類似「薛丁格的貓」一樣出名的哲學問題，並沒有令我好受多少。靜謐的森林，令自己非常不舒服。我聽得到風聲，聽得到孤獨，唯獨聽不到任何有關於黎諾依的聲音。

記得曾經有一個調查，調查上提到，如果你獨自在森林深處失聯，白天空蕩蕩只有自己，夜裡黑漆漆蟲鳥怪叫，這樣過幾個日夜，你會不會嚇出精神病和幻覺？

許多人的答案，都是肯定的。

是的，他們的回答很正確。我迷失在森林裡，已經整整三天了。三天前，黎諾依跟我來到這片尋常人看不到的森林後，不過一個回眸的功夫，就在我身後消失得無影無蹤。

我拚了命地以她失蹤的位置為中心點，找了足足三天三夜。哪怕我疲憊不堪，哪怕我心亂如麻。可那美麗的倩影，我終究沒有找回來。

自己不得不接受，女孩已經失蹤的事實。累到極限、頭髮亂糟糟、眼皮因為幾天沒睡覺而耷拉著的我，有氣無力地躺在了一棵樹下。

這片森林，只有一種樹。雲南的鬼柳樹在這可怕的密林中，突破了生長極限。它們肆意地滋長，吸收著土地的養分。

這片森林，自始至終，無論白天黑夜，都沒有蟲鳥怪叫。但是，我總覺得在看不到的角落中，潛伏著危險。

三天來，那危險，一直在暗中窺視著我，蜷縮著，等待著給我致命的一擊。

「媽蛋。」我罵了一句髒話，摸了摸又油又亂的骯髒頭髮，努力將身體撐起來。自己從未見過森林裡的危險，但我清楚得很。危險，早已逼近。只是那些潛伏的東西，顯然很謹慎，它們躲著藏著，不斷地在權衡和試探。

我苦笑了一下，扯過背包，整理起自己身上僅剩的物品。大部分的食物都在黎諾依背上的背包中，和她一起消失了。我所剩的食物和水，並不多！

「口糧還有兩袋，五百毫升的礦泉水三瓶。」我再次翻看別的物資，「沒別的了。」自己的背包主要放的是帳篷和求生用品。可這些都不能當飯吃。自己倒了些礦泉水潤潤乾渴的喉嚨和嘴唇，壓下想要吃飽的欲望和難受的空腹感，稍微咬了兩口口糧後，將食物和水放在背包的最底層保存好。

這片無盡的森林，一旦進入就很難找到出口。我還不知道會在這鬼地方耗多長時間。最重要的是，就算找到了出口，我也絕不會出去。至少在找回黎諾依之前，我，不會離開這座森林。

「再找不到水源，我大概也活不了幾天了。」我環顧四周一眼。這片樹種單一的森林，在遲暮的夕陽下，每一棵都彷彿活了過來，帶著深深陰寒。森林裡三天沒有下過一滴雨，不過，黃土高原的下雨頻率本來就極低。

如果要等待降雨來補充水源的話，恐怕是找死的行為。但是樹木需要水，如此大一片森林，怎麼可能沒有水源供給？

我乾渴得實在受不了了，又倒了幾滴礦泉水到嘴唇上。決定趁著天還沒有黑盡，再爬到高處看看。

夜，就要來臨了。最近幾天，自己的睡眠極少。哪怕是小睡一會兒，大腦都處於單半球慢波睡眠。森林裡那無處不在，卻看不見摸不著的危險，在不停地折磨我，無所不用其極的想要摧毀我的意志。

還好，我至今還堅強地堅持著。

作為放大版喬木的鬼柳樹並不難爬，它的分支很多，枝葉也很厚實。我就近找了一棵樹往上爬，哪怕是身體虛弱，也在入夜前爬到了十幾公尺高的頂端。

莽莽叢林，在視線裡無限延伸，無論是東南西北哪個方向，都望不到邊際。手機和我在戶外用品店買的專業定位器，在這片森林中毫無用處。就著天際線上快要沉沒的太陽，我用樹枝和葉子做了一個簡單的定位工具，判斷自己的方向。

落山的太陽在西方。

我確定了東南西北後，深深嘆了口氣。這一刻的自己有種無力感，我迷路了，黎諾依失蹤了。女孩失蹤前，口中提到的石塔，自己至今也沒找到。

還有深入森林的饒妙晴，黎諾依的失蹤，會不會和這個饒妙晴有關？這三天，我想了很多。越想越覺得黎諾依的失蹤非常古怪，甚至疑點重重。

她一到狗窩鎮，身旁就接連出現許多怪事。彷彿怪事是一窩蜂的主動去碾壓她，消磨她的意志，一步一步將她引誘進這片森林中。

還有狗窩鎮的那個穿紅內褲和紅披風，唸著馬克思語錄的英雄。與他戰鬥的那看不到的怪物，和這片普通人看不到的森林，又有什麼關係呢？

疑點越想越多，可時間並不容我多想。我必須要，儘量讓自己活下去。

科學家曾經作過一個實驗，將兩個人分別丟進沙漠和森林裡，究竟哪個人活得比較久？真相很意外。森林裡看似資源豐沛，取之不盡，食物和飲水可以信手拈來。而沙漠沒水沒食物，高溫高熱容易脫水。但事實恰恰相反。實驗的結果是，沙漠中的人，活得比較久。

沙漠中的植物，大多都有儲藏水分，也有許多昆蟲能夠捕食，填飽肚子。但森林卻處處危機，能作為食物的動物警覺性極高，靠單人的能力根本無法獵捕。蟲子大多有毒，而看起來可以吃的植物，如果不會分辨的話，同樣也極有可能含有劇毒。

人在沙漠裡，可能乾死，熱死，餓死。

但是人在森林裡，卻會喝水感染而死；吃不可靠的植物被毒死。甚至森林中迷路的人，大多是餓死的。

恐怕再過兩三天，我也會步入迷路前輩們被餓死渴死的後塵。

太陽消失在地平線後，天就已經完全黑盡了。黑暗中的森林，會讓你開始胡思亂想。森林裡的光影，開始變得猙獰恐怖，樹影開始呈現詭異的形態。潛意識會將你看到的勾勒成怪物，殭屍，幽靈。

或許，你恐懼的東西，都會在森林中一一出現，吞噬你。

哪怕森林裡什麼也沒有，單單就只是孤獨和樹林中的死寂，都會要了你的命。

一入夜，我本能地就覺得樹林不再安全。雖然這三天裡我根本就沒有碰到任何動物，甚至連會動的飛蟲都沒有。

這鬼地方也很少有風。

我從樹頂往下爬了一段，在離地大約五公尺左右的位置找了一塊舒服的分支。自己用背包墊在身體下方，準備在枝幹上將就一晚。

三天沒睡好的我，實在是太睏太累了。沒多久，自己就意識模糊過去。當聽到身旁傳來「沙沙」聲時，我頓時清醒了過來。

這陌生的聲音，令我的大腦警鈴大作。是什麼東西，跑到了離自己近在咫尺的位置？

□

「真倒楣，我們居然迷路了。」苗暢愣愣地看著手機螢幕，有些傻眼。手機沒有訊號，GPS也收不到。地圖上的紅色小圖釘，凝固在了縣道左側深入黃土地的位置後，就再也沒有動彈過。

「不過我們也終於進來了。」眼鏡男金武用手將眼鏡取下，擦了擦，重新戴好後。好奇地打量起這片森林。

笑笑的名字和她的模樣一樣，臉上有兩個小酒窩，一笑起來，本來普通的面容看起來就好看多了。她一邊輕笑著，也看著森林中的風景：「好神奇啊，沒想到史輝哥的辦法真的有用。」

史輝一行十人，揹著大包小包的東西，終究還是進入了這個本地人也不清楚的地方，甚至尋常人根本就看不到的森林裡。

「這就是處處都有寶藏的森林嗎？也沒什麼大不了的嘛。普通得很。」一臉頽廢家裡蹲模樣的陳宏子望了四周幾眼，從鼻腔噴出幾口氣：「能讓我發財的東西，在哪兒？」

金武看著身旁的樹，搖搖頭：「這裡可不普通。你們看這些樹，全都是同個品種。而且樹的枝幹和樹葉，都有些不太對勁兒。不像是普通生長在陝北的樹木。」

「類似的樹種，我這個土生土長的黃土高原人，可從來沒見過。」折蓉蓉湊近樹看了看：「看樹葉，不像是闊葉林。那麼大那麼厚的葉片，反而像是常青的灌木。」

「喂喂，還是來說錢的事情吧。笑笑，妳打聽到妳親戚的鄰居究竟是在森林裡找到了什麼才發財的嗎？」姜易一談到錢，眼睛就冒金光了。

他的女朋友曹麗娜同樣是個財迷，點頭道：「對啊，笑笑，我跟阿易討論過，就算是寶藏也有很多種吧。妳親戚的鄰居找到的是現金還是黃金珠寶什麼的？」

笑笑尷尬地縮了縮脖子：「這個我就不清楚了，就連我連哄帶騙從他家小孩子身上問出來的，能進入森林的方法，你們不是也知道了嘛，假的啊。」

「說不定不是假的。」史輝悶聲悶氣地說了一句。

笑笑朝他靠了靠，一邊嗯嗯的點頭，一邊感激道：「幸好有史輝哥的辦法，否則我們就白來一趟了。」

「說不定不來，才是對的。」史輝嘆了口氣，小聲嘀咕著：「奶奶的，算了，我也沒資格說別人。我不也一樣來了嗎？」

他的話就算聲音再小，也被好友苗暢聽到了。好友打趣地用肩膀頂了頂他：「就是，來都來了。我們還是找找那些可以讓人發財的寶藏吧。嘿嘿，話說，那個笑笑似乎對你小子有意思，快點趁機把萬年老處男的帽子給摘了。」

「老子不是萬年老處男。老子以前女人多得很。只是老子沒錢後，狗都不理我了。」史輝瞪了好友一眼，又偷偷瞥了瞥笑盈盈的笑笑，嘆了口氣。他的手放在羽絨外套的口袋裡，右手五指牢牢地捏著一本又小又破舊的紅皮本子。

那個紅皮記事本，是他死掉的老爸留給他的。上頭記載了關於這片神秘森林中的，許多離奇古怪的東西。老爸臨死前，拉著他的手，要他答應自己，無論如何，哪怕是走投無路，也千萬不要踏進這片森林裡。

可是，自己終究還是食言了。

甚至，對紅本子中記下的許多光怪陸離的恐怖事蹟，史輝根本就不太相信。他現在確實已經走投無路了，只能進來碰碰運氣。

而跟他一起來的其餘九人，也是各有各的故事和難言之隱。苗暢有一個網路欠款群，群裡有幾十個人。大家都是用各種手機借款APP借了錢後，陷入了借款陷阱，無限迴圈的本金利息讓他們喘不過氣，這輩子也不可能還得清了。

何以解憂？唯有暴富。

現在的APP借款程式大多數都是檯面下的黑社會高利貸弄的，還不清的話砍手砍腳，就算你死了債也不會清。除了一筆橫財外，大多數人也沒辦法了。

本來幾十個人的群，有些不相信「看不到的神秘森林」的故事。有些被放貸人員限制了自由。甚至有一個在約定到森林尋找寶藏的時間前，就被逼得自殺了。

林林總總，最終只剩下了十個人，匯集到一起。

史輝和苗暢是從小就穿一條褲子長大的好朋友，這次史輝之所以會同意苗暢的要求。一是欠了錢，要是還不出來，家裡的老宅大概會被周老三賣了。二，也是希望幫幫自己的好兄弟苗暢。至於第三，從小史輝就聽父親講這片森林裡發生的神秘故事。他不怕，但是極為好奇。

苗暢身旁的眼鏡男揹著個大背包，他叫金武。一臉理科男的鑽研勁頭，正不停的探索著森林裡的樹木。

不遠處，一臉頹廢宅男模樣的人叫陳宏子，這個人說話有氣無力的，帶的東西也最少。那乾癟癟的背包中，大概只有一兩天的食物和水。

陳宏子右邊有一對情侶在說說笑笑，談論著發財後的事。男的叫姜易，女的叫曹麗娜。史輝和他們說過話，不多，就那麼幾句而已。都說不是一家人不進一家門，這對情侶活脫脫就是一對見錢眼開的財迷。

笑笑和她的閨蜜秦婷婷衝著史輝指指點點，笑笑偷看他幾眼，臉上有些害羞。史輝撓了撓腦袋，這個保留了接近三十年貞操的處男，心裡確實被笑笑看得有些癢癢的。

更遠的地方，站著折蓉蓉和長髮及腰的李娜。折蓉蓉大概也是個理科生，她說話做事很理智，甚至有些時候，史輝覺得她理智得有些不像是會陷入網路貸款陷阱的人。

長髮女李娜嘴有些碎，看誰都不待見。所以大家也都不怎麼待見她。

這一行十人，之所以能進這片普通人看不到的離奇森林，也是費了一番功夫。大家拜託笑笑去打聽進入森林的方法。

笑笑用零食誘惑她親戚鄰居的孩子，好不容易才從他嘴裡套了出來。

「要用牛眼淚抹在眼睛上。」笑笑準備好了牛眼淚，打聽到了地方後，帶著大家坐上了租來的小客車。

出了狗窩鎮後就是蒼莽的黃土高原，黃沙被冰冷的風中吹得漫天飛舞。就連道路兩旁的防風林，也被風吹得發出像哨子一般尖銳的響聲，刺耳至極。

「早晨十點半。天氣晴，六級風。」金武打開手機的錄音功能，一邊說一邊紀錄，「這裡是縣道 169 公里段，防風林大約有三十公尺厚。」

姜易看了他一眼：「金武，你他媽在幹嘛啊？」

「紀錄一下。萬一出了問題，說不定這份紀錄會有用處。」眼鏡男金武為了確定附近是否有森林，鑽入了防風林裡，隔了不久就出來了，繼續對著手機說話：「果然防風林只有三十公尺，防風林外，只有一些草地和荒涼的黃土地，並沒有森林。」

笑笑拿出了裝牛眼淚的瓶子，「據說抹了牛眼淚後，就能看到森林了。」

「我們擦了牛眼淚。」金武跟著大家一起，從瓶子裡倒了些牛眼淚擦上。冰涼的牛眼淚，讓史輝的眼睛非常難受。

「走吧，穿過防風林看看。」苗暢大手一揮，一行十人鑽入了防風林，離開了道路。三十幾公尺的距離並不用走多遠。

等大家都從防風林中穿出時，所有人都一愣。

眼前，除了鬼哭狼嚎的風，以及起起伏伏的山坡外，遍地黃土。根本就沒有什麼神秘森林！

「笑笑，妳的方法根本就沒有用嘛。」秦婷婷撇撇嘴：「連森林的影子也沒有。」

笑笑的臉一陣青一陣紅，很是尷尬：「來的時候我就說了，這個方法也是道聽塗說，不一定有效。」

「那我們現在怎麼辦？發不了財，我們就要灰溜溜的回去等死？要知道，那輛車的租金，也是大家從借款平臺上借的。不用幾天，又會滾成一大筆債。」姜易和曹麗娜橫著眼睛看笑笑，顯然是冒火了。

苗暢用肩膀頂了頂史輝，史輝嘆了口氣：「牛眼淚是對的。不過，沒有人血。」

他的話讓大家又是一愣。

「你誰啊。聽你的語氣，似乎很懂的樣子。」長髮女李娜冷哼了一聲。周圍的人，顯然對史輝的話也不是太信。也對，任誰在這種情況下，突然聽到一個一直都不愛說話的人，猛地用肯定的語句告訴你進入森林的正確方法，大概也不會太相信。

眼鏡男金武倒是個缺心眼的人，搖頭晃腦，又摸下巴：「人血和牛眼淚，要進神秘森林，聽起來越來越有意思了。喂，史輝，誰的血都可以嗎？」

「不，必須要自己的血。」史輝說著，率先咬破手指，將中指上冒出的幾滴血抹在自己的眼皮上，「之後，閉眼，三分鐘。」

「弄得像是眼睛保健操一樣，有意思，果然有意思。」金武笑著也咬破自己的手指，擦眼，閉上。

第三個咬破手指的是苗暢。他清楚史輝的父親真的進過神秘森林，這一行人中，沒有人比自己兄弟更瞭解森林。所以他對史輝信心十足。

其餘人嘀嘀咕咕，實在不甘心就這麼空手而回。於是也一個個先後照史輝的方法做了。

三分鐘過後，當大家全都再次睜開眼睛時，姜易暴怒了。

「他奶奶的，還是這片防風林，哪裡有森林啊。」姜易眼前，翠綠的防風林迎風搖擺。他仍舊是在防風林的邊緣，仍舊看不到那片心心念念可以令他暴富的森林。

但他身旁的人，卻一臉石化的模樣，楞楞地看著眼前的一切。女友曹麗娜也一動不動的驚訝著，愣在原地。

「小娜，喂，妳看什麼看得那麼認真？」姜易搖了搖自己的女友。

曹麗娜稍微清醒了一些，哆嗦著指著眼前，「你轉頭朝那兒看。」

姜易轉了一百八十度，面朝層疊起伏的黃土地，就這一眼，他整個人也呆住了。只見幾分鐘前還是蒼涼黃土，風一起就會塞滿嘴巴的貧瘠竟然不見了。取而代之的是綠油油的，一片生機盎然的森林。

綿延無盡頭的森林近在咫尺，彷彿只需要多走一步，就能踏入。

「真的有神秘森林。」姜易目瞪口呆。

理智女折蓉蓉用冷清的聲音說：「雖然已經有了心理準備，不過一直以來我都不大相信什麼看不見的森林。但森林真的出現時，還是覺得有些難以接受。這世上，還真的有超自然的事物咧。」

「不可思議，太不可思議了。」金武樂呵呵地打量周圍。

每個人的表情都因為這神秘森林而有所不同。姜易最直接，他揉了柔眼睛，閉眼又睜開。綠油油的森林，仍舊在眼前綿延。他向後轉身，又是一驚。

剛剛還在背後的防風林，已經不見了。替換的是無盡的森林，他的前後左右，全都是品種單一的蒼天大樹。

每一棵都七歪八扭的扭曲著枝幹，伸展著枝椏。拚命努力的朝天空索取陽光。大量的樹擁擠在一起，彷彿無數的怪物，站立著搶奪食物。不知為何，明明是代表生機的大樹，卻令姜易不寒而慄。

「好冷，森林裡比外邊冷多了。」李娜抱怨道，她從背包裡找了一件防寒衣，穿在羽絨外套裡。

史輝好奇地看著森林裡的一切。他幼時，偶然聽父親提起過這個森林究竟有多麼危險。可真的用眼睛看到了，真的身臨其境的踩在了森林的地面。卻覺得這靜謐的森林，也沒什麼了不起。

看起來，也沒有多少危險。

「出去的路，已經找不到了。不過既然我們是從這裡進來的，那這地方必然是跟出口有某種聯繫。」折蓉蓉不愧是理智型的人物，她從背包裡取出一截紅繩，捆在最近一棵樹的枝椏上。

曹麗娜也從樹上摘下一片葉子，聞了聞，樹木汁液的氣息有些嗆鼻，不好聞。每個人的背包裡都裝有自己想要帶的東西以及食物和水。沒想到頹廢宅男陳宏子揹的東西不多，卻特意帶了一把大砍刀。

「我帶了這個防身，森林嘛，肯定有危險的野生動物。」陳宏子得意洋洋的將砍刀抽出來，隨意揮動了幾下後，使勁兒地砍在身旁的一棵樹幹上。

整個地面似乎抖動了一下，晃動得讓人險些站不穩腳。

「地震了？」大家驚惶失措地扶著旁邊的樹木。可地只是抖動了一下，就沒有其他動靜。

「喂，你們聽。剛剛似乎有很高頻的淒厲叫聲。」笑笑指著被砍過的樹的方向。

她的好友秦婷婷笑了：「笑笑，難道妳是說樹在尖叫？」

「可叫聲分明是從那棵樹上發出來的。雖然現在也聽不見了。」笑笑說著，突然恐懼的大喊了一聲：「你們看，樹，那棵樹在流血。」

眾人紛紛轉過頭去，頓時全都打了個寒顫。果不其然，被陳宏子砍中的樹，正徐徐地流著殷紅的液體。乍一看，彷彿和血一模一樣。

「這種樹的樹汁恐怕就是紅色的。別怕，有很多樹都這樣，例如最著名的龍血樹。只要砍它，它就會流血。樹又不會動，也不會找妳報仇。」折蓉蓉沒將這事放在心上。

可笑笑卻越發害怕起來。她覺得這個森林真的有問題。是的，確實有樹的汁液是血紅色的，可被砍中它們也不會慘叫。笑笑甚至懷疑，剛剛的晃動，極有可能就是樹感受到痛後，搖晃起來，連帶著地面也晃動了。

所謂的神秘森林，恐怕，遠遠不止神秘這個詞能夠解釋。

「走吧。待在原地也沒用，出口已經找不到了，先看看能不能找到讓人暴富的寶藏再說出去的事。」姜易躍躍欲試，既然森林裡藏著寶藏的傳說，也有好幾個實例證明進入森林的人發財了。那麼他姜易，絕對不能錯過這個機會。更何況，或許，這是他人生唯一能夠翻盤的機會。

一行十人，開始深入這片森林。
沒走多久，異變突生！

第二章 叢林劫變

沒有什麼是一成不變的，沒有生命是永恆不死的。唯有人類的貪念，無論重生多少次，人類都會被自己的貪欲拉入萬劫不復當中，從未改變。

史輝一行十人，自從走進這片神秘森林後，就再也找不到出口。森林裡很安靜，沒有蛇蟲鼠蟻，甚至就連風吹過樹梢後，樹葉晃動的聲音，似乎也沒有。

在這死寂的森林裡，這十個人一開始還好，大家配合著往前走，有說有笑。到了中午，便拿出自己早已經準備好的食物，互相交換著吃起來。

到了下午的時候，財迷姜易兩口子，開始有些不太耐煩了。

「喂，我說笑笑。妳到底打聽到沒有，妳親戚的鄰居在森林裡找到的到底是什麼寶藏？」姜易給女友曹麗娜使了個眼色，曹麗娜故意落後兩步，靠近笑笑問。

笑笑摸了摸頭髮，苦笑：「這個我不太清楚，據說是寶石還是黃金什麼的。」

「妳都不知道，還讓我們進來探險。笑笑，妳可真行啊。拿我們的生命當兒戲。」曹麗娜有些不高興了。

「可我真不知道呢。對不起，對不起。」笑笑害怕地往後縮。曹麗娜的面相有些凶，說話音量大起來後，聲音就更刺耳了。

「道歉有什麼用，現在出去的路也找不到了。我就只剩發財暴富可以慰藉了。」曹麗娜冷哼兩聲，步步進逼。

笑笑一步一步的後退，退到了史輝身旁。求助似的扯了扯史輝的袖子。她的閨蜜看不過去了，秦婷婷氣憤道：「曹麗娜，你們兩口子，我們家笑笑可從來沒有求著你們參加。是你們死皮賴臉說走投無路了，才同意你們跟來的。妳是狗啊，餵不熟的狗。逮著誰就咬。」

「妳！老娘看妳是欠收拾。」曹麗娜挽起袖子一副要幹架的模樣。

「是寶石。」見笑笑可憐兮兮地縮在自己背後，史輝有些不忍心了，開口道：「森林裡某些地方蘊藏著稀有的紅寶石原石，很值錢。如果找得到兩三顆，足夠你們還債了。」

十人中的每一個，都是陷入財務危機的人生輸家。對進入一片尋常人看不到的森林，其實每個人都有些心理準備，知道可能會遇到危險。

有失必然有得，否則誰願意去冒險。森林裡有寶藏，可究竟是什麼種類的寶藏，只有知道了，才曉得怎麼去找。不然就算踩在寶山上，大概也沒人能將寶物挖出來。

除了史輝外，曹麗娜和笑笑的鬧劇，其實每個人都尖著耳朵在仔細聽。就連笑笑的好友秦婷婷，也是憋到最後才出頭替自己閨蜜打抱不平。

「你說是紅寶石就是紅寶石，該不是胡說的吧？」姜易陰陽怪氣的看著史輝。

「姜易兄，這句話就不對了。我們史輝可沒有信口雌黃。」苗暢跑出來打圓場：「其實史輝這一次我堅持要讓他來，是我們的福利。」

金武推了推眼鏡兒：「什麼意思？」

苗暢擠眉弄眼地看向史輝：「我現在可以說了吧？」

史輝想了想後，才緩緩地點頭。事到如今，都已經進入森林裡了，也沒隱瞞的必要了。如果森林真的有危險的話，人多力量大，人齊心一些，說不定也安全些。

「史輝的父親，可是在許多年前，進入過這座森林。活著回去後，帶回了大量的財富。」苗暢鬆了口氣，解釋道：「他們史家，一度成為了狗窩鎮的首富咧。」

「史家。對了，我聽過他們家族。以前確實很有錢，不過最近這十幾年家道中落，就連家族企業也倒閉了。」財迷姜易不愧是財迷，小道消息知道得多。他上上下下的打量著史輝：「看不出來，你還是個富二代。嘖嘖，可惜三十年河東三十年河西。還不是跟我們這些窮屌絲一起跑來冒險了。」

史輝臉色一陣發白，忍住了，沒發火。

「難怪你知道牛眼淚混人血，才能進森林的辦法。」金武點點頭：「你是說紅寶石就是寶藏？」

「我爸告訴我的。他在森林裡找到的紅寶石，一顆就賣了上百萬。」史輝說。

見史輝言之鑿鑿，又有苗暢的證言。所有人的心裡都是一動，甚至姜易和曹麗娜都興奮起來：「果然是有暴富的方法。那寶石哪裡找得到？」

「森林深處就能撿到。據說隨處可見。」史輝又道。

「森林深處，森林深處。有意思，哪裡才是森林深處呢？」理智女折蓉蓉摸著下巴，問了一句最重要的話。

這句話讓大家都愣住了。對啊，所謂的森林深處，這個範圍太廣泛了。沒有人知道森林的大小深淺，也不清楚自己位於森林的哪個位置。

不過要判斷位置，也並不是太難。

「爬樹吧。」折蓉蓉指著不遠處的樹梢：「該你們這些男人出力的時候到了，找一棵最高的樹爬上去判斷一下位置和參照物。」

她的提議所有人都同意了，大家推薦體型最強壯的姜易和最靈活的苗暢，取長補短，分別爬到兩棵樹上，居高臨下，尋找參考標的。

苗暢和姜易很快就爬到樹上，但他們爬到樹頂，能一覽無遺的時候，兩個人也同時看傻了！

「這是怎麼回事？」姜易極為震驚，他望著不遠處另一棵樹頂端的苗暢，聲音都在發抖。

苗暢同樣嚇得不輕。

在他們的視線裡，密密麻麻的叢林延伸向遠方，看不到盡頭。同樣的樹種，就這樣如同插花般插在無盡的大地上，高處遠遠望去，就猶如假得不能再假的盆景。但這不是重點。

讓他們驚訝害怕的是，森林竟然在隨著地面起伏。真真正正的起伏，整片大地像是在呼吸，無數的樹木，就隨著這呼吸在一起一伏。隔了幾秒鐘後，這起伏不定的運動，才安靜下來。

森林不再動了，如同剛剛驚人的景象，只不過是一場幻覺。

「姜易，你看到了嗎？」苗暢感覺喉嚨啞得厲害。

姜易緩緩點頭，「看到了。」

「是不是我們看錯了。森林怎麼可能動？」苗暢覺得不可思議。

「怎麼可能兩個人一起看錯。」姜易雖然是財迷，但他並不蠢。他皺了皺眉頭後，看了幾眼後，他臉上的皺紋皺得更深了。似乎發現了什麼更不可思議的東西。突然從包包裡掏出了一個望遠鏡，朝著某個地方瞅了瞅。

苗暢急忙問：「你看到了什麼？」

「你有望遠鏡嗎？」姜易沒在第一時間回答他。

「有。」苗暢也掏出了自己的望遠鏡。

「你朝兩點鐘方向看。那裡的森林，似乎更有問題。」姜易說。

苗暢連忙順著姜易指示的範圍看去，剛開始還沒看出所以然來。但等觀察了半分鐘後，他突然渾身一震。

森林，並沒有恢復平靜。甚至剛才森林的一起一伏，都是因為遠處的某一塊森林發生了異動才造成的。

遠遠望去，森林在躁動。望遠鏡中的那一小片叢林，雖然看起來很小，但是由於距離遙遠，苗暢也無法準確的判斷到底有多大範圍。那一整塊叢林中的樹木，都以中心點為圓心，不斷的偷偷移動。

樹，在移動。真真正正地從一個地方，移動到了另一個地方。那一塊土地上的樹，彷彿種植在魔術方塊上。一隻無形的大手在撥動魔術方塊，一格一格的土地，就隨著魔術方塊的運動，而不停變換位置。

那一整片森林，似乎拚命想要將中心點上的某個東西，困住。

「這怎麼回事？」苗暢完全無法解釋眼前的景象。

姜易也解釋不了。他掏出手機將眼下的驚人狀況拍攝下來後，示意苗暢爬下去。兩人下了樹，其餘八人湊上來問情況。姜易把剛剛在樹上看到的東西說了一遍，還讓大家看了影片後，所有人頓時陷入了一片沉默當中。

「這片森林，竟然會動！」理智女折蓉蓉覺得很難接受。這完全顛覆了她的世界觀。

金武摸著下巴，大叫有意思，並一臉深思。

笑笑害怕地朝史輝擠了擠，「輝哥，你父親不是來過嗎？他有沒有告訴過你是什麼情況？」

看著笑笑怕得發白的小臉，史輝露出苦笑，「我沒聽父親提到過。他傳給我的小本子上，也沒有記載。我不知道森林會動。」

長髮女李娜摸著頭髮，冷哼了一聲：「沒用的東西。我們現在迷路了，又找不到通往森林深處的路。要不，去看看那片叢林的情況？」

曹麗娜反對，「妳瞎了，明明那片森林就有問題。彷彿個絞殺陣。我們去找死啊？」

「不一定。一片安靜的森林，突然躁動起來，肯定是有原因的。」金武冷靜的分析：「我們在森林裡反正也找不到任何參照物。還不如到有問題的地方去找線索。說不定那裡就有讓人發財的東西呢。」

十個人，有好幾個想法。眾人因為看法分歧又暫時陷入了沉默當中。

苗暢推了推史輝，「阿輝，你覺得呢。我們這群人裡，只有你有經驗。」

「我這算什麼經驗。」史輝一臉無奈，他掏出父親留下的破本子，翻了翻。下定了決心，「富貴險中求，雖然我父親沒提到過什麼會動的森林。但是，他也說只要森林裡有出現異動的地點，就有可能找到紅寶石。」

笑笑表示支持，「我同意輝哥。」

金武說：「那麼舉手表決吧。少數服從多數。大家認為是在森林裡亂竄？還是把那片會動的森林當做目標前進？」

金武這番話說得很有指向性，顯然他對那片異樣之地很好奇，想去瞅瞅。

表決果不出其然，贊同去亂動叢林的人佔多數。

「既然大家都決定了，就走吧。」金武透過厚厚的樹梢望向天空。天色逐漸暗下來，黑夜即將來臨。

這片森林雖然詭異，進入的方式雖然離奇。但仍舊有白天黑夜。這令人很難思考，這裡究竟是什麼地方。明明位於狗窩鎮附近的黃土高原中，可土地確實是肥沃的黑色。樹種也既單一，也難辨認。

森林裡的一切，都是謎。

在未知的森林中，雖然至今都沒有遇到任何危險的動物。但並不代表就不會有危險。黑夜，從來都是危險滋生的時刻。當陽光散盡，誰知道會不會有更加詭異的事情降臨？

「要天黑了。咱們找準方向，走一段路。之後準備過夜。」史輝也在思考同樣的問題。他走在前邊，眾人慢吞吞的走在後方。大家都在各想各的事情。

天空的明亮，越發的黯淡。終於，黑暗，降臨！

黑夜裡的森林是什麼顏色？如果向人問這個問題，那人或許會覺得奇怪。森林裡的夜，不就是伸手不見五指的黑色嗎？

理論上來說，沒有太陽照明的森林，應該是黑色的。但唯獨史輝等人所處的森林，不一樣。夜晚的森林，竟然是紅色的。

第一個發現這現象的，是頹廢宅男陳宏子。與他的智商不符合的是，這傢伙似乎對環境很敏感。黑暗襲擊後的樹林裡，飄著絲絲紅光，不注意的話，根本看不清楚。

「這些紅光是什麼？」遊手好閒的陳宏子揮著開山刀，準備弄些柴火。但是他下午砍樹的時候，被嚇到了。自然不敢向樹木下手。可地上，詭異的竟然連樹枝都沒有。就在這時，他發現了黑暗中的紅光。

其餘正在搭帳篷的人被他突然的大叫嚇了一大跳。

「咦，真的有光。」史輝和苗暢抬頭，又嚇了一跳。那紅光像是霧氣般，遇到人就纏繞上來。手一揮，就被氣流趕走了。

金武若有所思，「這些光，好像是樹木發出來的。」

大家定睛一看，果然發現周圍的樹，正在有韻律地擠出紅光。那些紅光，就像樹木呼吸產生的廢氣般，被樹排出。

「奇怪了。」折蓉蓉分析，「我只知道氖氣會在通電後發紅光。難道這些樹會散發帶電荷的氖氣？」

「想那麼多幹嘛？只要沒害處就行了。」姜易哼了一聲，沒在意。他把帳篷搭好後，和女友曹麗娜一起吃起了乾糧：「早點睡覺，明天還要趕路。」

「切，騙誰。什麼早點睡覺，我看你是想早點回帳篷造人。」陳宏子暗自罵了一聲，揚起臉問：「我沒帶帳篷，有誰能收留我？」

沒人吭聲。

「不收留就不收留，我還稀罕啊。」陳宏子找了就近的一棵樹，抽出自己帶的保溫毯坐下，隨便吃了些威化餅乾。這個宅男實在走投無路了，因為負債累累，就連買初級露營裝備的錢都沒有。

進森林前，也只帶了些餅乾和水。他帶開山刀其實主要不是為了防身，而是想餓了搞些小動物打牙祭。宅男的世界裡，彷彿森林就是遍地食物的地方。

笑笑和秦婷婷也沒帶帳篷，她們背包裡全是食物。好友秦婷婷找折蓉蓉併帳篷了。笑笑看了看面無表情，而且看起來也不容易相處的李娜，搖搖頭，最後一咬牙跑到了史輝身旁。

「輝哥。」笑笑的臉紅得幾乎快要滴出水來，「輝哥，我可以住你的帳篷嗎？」

史輝還沒開口，苗暢已經衝他擠眉弄眼起來，手還做了好幾個十八限的姿勢。看著清純害羞的笑笑，史輝撓撓頭，同意了。

笑笑大喜，連忙掏出自己的食物給史輝：「輝哥，這是我做的便當。你吃吧，不然過一晚上也壞了。」

金武看了看四周，又看看錶，已經晚上八點半了。樹林裡除了那逐漸淡下去的紅光外，似乎並沒有生命危險。

九點時，除了陳宏子外，所有人都鑽進了自己的帳篷裡。萬籟俱寂，黑夜裡什麼事都沒得幹，只能早睡。

森林，仍舊如同白天時，一樣的死寂。彷彿這裡除了樹，就沒有別的生物了。死寂蔓延，伴隨著帳篷中人進入夢鄉。

不知何時，身下墊著保溫毯的陳宏子突然一陣慘叫。

所有人都驚恐的醒了過來！

史輝等人魚貫從帳篷裡跑出來，不久前還躺在樹下的陳宏子，已經不見了。他的開山刀仍在地上，就像他失蹤前，曾用刀努力對抗著什麼。

「陳宏子哪兒去了？」苗暢揉著睡眼。大家打開手電筒，圍在陳宏子失蹤的樹下，不知所措。

金武蹲下身，撿起開山刀看了一眼，臉色頓時大變：「這把刀的刃口已經折了。陳宏子肯定用刀拚命砍過硬物。」

「難道森林裡還有別的人？」姜易神色恐慌：「他們抓走了陳宏子？」

「不一定是人。」李娜圍著樹繞了一圈，「附近沒有任何腳印。」

這片森林地面不像原始森林，既沒有掉落的樹枝，也沒有太多樹葉。樹木間更沒有雜草，裸露著黑土地，看得人極不舒服。

「怎麼可能沒有腳印。就算是陳宏子自己走的，也會留下痕跡才對。」苗暢渾身一抖，他急忙跑過去看。

果然，樹木四周沒有腳印、沒有拖行痕跡。他用手機朝遠處照射，只有黑漆漆的未知世界，散發著若隱若現的紅光和寂靜。

從陳宏子慘叫到眾人跑出帳篷，之間不過三十秒而已。他已經消失無蹤，活不見人，死不見屍。

「他媽的。都他媽怪你們。」姜易怒著，看向獨自一人睡的苗暢和金武：「都怪你們太自私了。明明他陳宏子都跟你們請求要一起住。你們卻聽而不聞。」

苗暢縮了縮脖子，理虧道：「我是單人帳篷。你那麼好心，你和曹麗娜還住三人帳篷呢。怎麼不收留他？」

「你他媽還嘴硬。」姜易越說越怒。

金武咳嗽了一聲，「大家都冷靜。」

「冷靜你奶奶。」姜易怒斥道：「你也不是什麼好東西。」

「我確實不是什麼好東西。難道你是？我們這一群人，哪個不自私？」金武用手扶了扶自己的眼鏡，「難道大家，不是故意讓陳宏子住外邊的嗎？」

他的話一出，所有人都一臉被說中了心事的模樣，不怎麼開腔了。

「那些紅光看起來就很詭異，還有這詭異的森林，雖然看起來生機勃勃。但是卻土不長草，地無別物。簡直就是風水中所說的死煞之地。」金武撇撇嘴，「這種兇險的地方，大家完全沒有提議讓誰守夜。其實，就是生了讓陳宏子待外邊，探一探森林裡到底有沒有危險的心思。」

長髮的李娜雖然嘴巴毒，但是臉皮顯然還不夠厚。她尷尬地轉過腦袋，眼睛無意識的瞅著四周。突然，她驚叫了一聲。

「大家看，那些紅光！」

話音落地後，眾人都轉頭看向附近。

當所有人都看清楚森林裡的紅光時，頓時全嚇呆了！

第三章 活著的森林（上）

木心在《從前慢》裡說：從前的日色變得慢，車、馬，郵件都慢，一生只夠愛一個人。

「不過很可笑的是，在妻妾成群的古代，才有足夠慢到一生只夠愛一人的速度。」夜晚的我，坐在森林裡苦笑。

我知道，一直窺視著我，窺視了許久許久，折磨了我接近一個禮拜的那些東西。終於不再潛伏，就要跑出來了。

自己就一直坐在地上，看著黑夜的森林。這片森林是活著的，這是我一個禮拜來，最直觀的感受。森林裡只有一種樹，鬼柳樹。每一棵鬼柳樹，似乎長得都差不多。不過一個禮拜，也足夠我將附近方圓一公里的每一棵樹的特徵，記得清清楚楚。

沒錯，一個禮拜，我一直一直，在這一公里的範圍裡打轉，無法逃出去。

這令我無法找到失蹤的黎諾依。

一個人的時候，總是會想許多東西。這一個禮拜，我想到了守護女李夢月，想到了恬靜乖巧的黎諾依。在這個只允許愛一個人的世界，我實在無從選擇。我裝聾作啞，以為這樣就能將選擇拖到時光的盡頭。

可惜，世界，從來不會圍繞任何人轉。沒有誰的意志，能夠改變時間。這令我有些頹廢。一入夜，身旁的樹，就會排泄出看似沒有危害的紅色光芒。

看似沒有危害，只是不會讓人中毒罷了。我清楚的知道，這些紅光，同樣在削弱我的意志。讓我想些亂七八糟的東西。

「既然選擇不了，那就先找到眼前的幸福吧。」我咬了咬乾裂的嘴唇，強撐著吃了些食物，背靠樹木，站了起來。

潛伏的東西，即將來臨。

一陣轟鳴從遠處傳遞過來，彷彿無數的馬蹄在踩踏地面。我的正面，充斥在森林裡的紅光被擾動了，樹木也被擾動了。可怕的聲音，筆直地朝我衝過來。

我打開強光手電筒，瞪大了眼睛。從口袋裡掏出一把豆子，撒在身體四周。這些豆子是從楊俊飛的特殊倉庫偷出來的。那個倉庫裡存放著許許多多擁有超自然能力的物品。自己身旁的豆子看上去普通。但是，它們卻能在周圍形成一股看不見的磁場，可以抵抗不超過承受範圍的物理攻擊。

「來吧來吧，爺爺我的殺手鐧還有很多呢。」我自嘲的一笑。

相對於生理上的難受，一個人迷失在陌生的森林裡足足七天，寂寞孤獨早就快要將我吞噬得神經錯亂了。

自己至今還能保持冷靜，實屬不易。

強光手電筒的光線中，遠處的樹枝被一些看不見的東西擠開。彷彿來的是龐然大物，但是我的眼睛偏偏什麼也看不到。它們前仆後繼地撞到了豆子的磁場上。

四周一片震顫，我在劇烈的震動中，完好無損。

自己稍微鬆了口氣，看來那些看不見的怪物，並不是太強悍。我用眼睛努力地看著那些東西，仍舊看不清。只有地面上殘留的巨大腳印，彰顯著怪物確實存在。它們顯然有智商，在撞擊了一會兒後，就繞著豆子形成的磁場，緩慢的繞圈。

「這是準備耗死我吧？」我撇撇嘴，一臉不以為意。但是心卻冷到了谷底。自己的食物所剩不多，而且更迫切的想要去找黎諾依。事實上，我真的耗不起。

我分析著現在的狀況，判斷看不見的怪物，究竟是什麼。不久前在狗窩鎮中，自己也曾見到襲擊城鎮的怪物。那個披著紅披風的中二英雄跑出來將怪物擊敗。但當時的怪物，絕對比現在攻擊我的怪物，大幾十倍。

但是品種，會不會是同一種呢？

如果真的是，那麼會不會襲擊狗窩鎮的怪物，其實就是從這片森林裡跑出去的？我認為，可能性極大。

但假如真是這樣，重要的問題又來了。這片森林是怎麼回事？它是不是獨立於這個世界之外的平行世界？又或者只是某個擁有巨大超自然力量的神秘物品，創造出來的空間？

怪物，和森林又是什麼關係？共生？寄生，還是僅僅被森林囚禁？

紅披風的中二英雄，為什麼要和怪物戰鬥？他的力量來源是什麼？他和森林的關係，又是什麼？他，知道這片森林的存在嗎？

我的腦中一時間，湧入了無數的疑問。怪物有智商，這是無疑的。它們能對超自然的物品產生感應，甚至忌憚。

自己其實很清楚，它們繞著我潛伏了一個禮拜，並不是害怕我。而是怕我口袋裡的那些神秘物品。

觀察了我一個禮拜後，發覺我似乎並沒有太多威脅。這些東西才開始攻擊。圍繞著我的隱形怪物們，短時間內沒有會離去的跡象。我的狀態有些糟糕，一時間也想不到辦法脫身。只能不停的苦笑。

就在這時，一陣鈴聲響起，不只將那些怪物嚇了一大跳，就連我也嚇得險些跳起來。

是電話鈴聲！在沒有手機訊號，沒有 GPS 訊號的地方，居然有人打電話給我。而且，竟然還打通了！

我稍微遲疑後，取出口袋裡的手機。只見來電人的名字，赫然是黎諾依！

□

時間和愛情有一種均衡的公平。

離開得越久，愛情會越淡，而不會更濃。發酵的愛情，並不一定好吃，更有可能，會變成苦果。吞下苦果的人，不離不棄的有，但大多數人，都會如同被燙傷後迅速縮回的手，抽身離去。

黎諾依對愛情的執著，一如她的堅強，從不會因任何情況任何阻礙而遲疑、放棄。她是天生驕傲的女孩，她相信自己的那個他，同樣也是天生驕傲的。

天生驕傲的人，總是會引起別人的注意，也會被別人所愛。無論這段感情痛苦也好，甜蜜也罷。黎諾依認準了一個人，就絕不會放手。

這就是她。

一個人的愛情觀，也能看出一個人遭遇到意外事件後的表現。

例如現在的黎諾依，當她醒來後，就發現不對勁了。周圍黑乎乎的，什麼也看不清。她甚至不知道自己到底在哪裡。

「我最後的記憶，應該是和阿夜在一起。他在前邊，我正在看他。然後眼睛就一黑，暈倒了。」黎諾依在黑暗中摸索著，不斷回憶昏過去前，到底發生了什麼。

肯定有東西襲擊了她，並在夜不語沒注意的時候，將她悄悄地拖走了。這可不好辦，到底是什麼，襲擊她？為什麼襲擊她？這裡是哪兒？自己為什麼會被拖到這裡來？

一切，她都想不起來。

黎諾依檢查起自己身上的東西。自己的身體很輕，背上沉重的登山包已經不見了。不對！絕不止如此。

甚至自己的外套，也不見了。全身上下，只剩下貼身的登山速乾衣褲。登山包有兩個子母扣，緊緊地固定在自己身上，如果是動物的話，應該只會對自己的肉、甚至背包裡的食物感興趣。可居然懂得脫自己的衣服和背包……

那就只會，是人類。

人類。人類為什麼，會將她抓到這裡來？那個人，到底有什麼目的？

周圍黑漆漆的。黎諾依再次環顧了四周幾眼，果然是什麼都看不清。她用手摸索著，希望在地上摸到有用的東西。沒多久，她真的摸到了一些東西。那是她的背包，旅行包已經被打開了。她將旅行包上上下下摸了一遍，並沒有任何破損的地方。

唯獨只有拉鍊被拉開。

這令她更加確定，果然是有人將她綁架到了這個鬼地方。旅行包被翻得亂七八糟的，黎諾依好不容易才從包包裡找到一個頭燈。

還好頭燈是好的。

黎諾依深吸一口氣，將頭燈打開。一束慘白的亮光，刺破了黑暗。將無光的世界切割開。眼前豁然明亮起來，但是當更多的資訊映入眼簾後。女孩頓時倒吸一口涼氣。

只見地面上，密密麻麻，都是登山包裡被倒出來的東西。她前幾天遺失的行李箱裡的東西，大部分也在，就在她跟前不遠的地上。

「這是怎麼回事？」黎諾依驚恐不已。不久前那個襲擊她和阿夜的傢伙，難道早已經盯上了她？那傢伙，似乎想從自己和阿夜身上，尋找什麼東西。不是為財，畢竟錢包也同樣扔在地上，裡邊的錢撒了一地。

那神秘的傢伙，究竟想要偷什麼？

女孩想不通。但是聰明的她，非常清楚。神秘綁架者的目標，並非阿夜，絕對是她。難道是盯上了阿夜帶出來的神秘物品？但是又對阿夜那些充滿神秘力量的東西非常忌憚，所以綁架自己作為要脅的籌碼？

不！也不太對。

那傢伙早在幾天前偷了她的行李箱，對同樣在原地的行李視而不見。那傢伙只綁架她，只對她背上的東西感興趣。難道那人，感興趣的是某種自己有，但夜不語沒有的東西？

不過那東西究竟是什麼，黎諾依心裡沒底，更沒有頭緒。

算了，走一步算一步，兵來將擋水來土掩，她黎諾依也是風裡來雨裡去什麼危險都經歷過的。眼前小小的挫折，並不算什麼。至少，她現在還活著，還安全。阿夜，現在可能已經急瘋了。可，自己該怎麼通知阿夜，自己安然無恙呢？

黎諾依皺了皺眉頭。她決心想辦法先逃出去。但，自己究竟身處什麼位置？

女孩用頭燈朝四周照了照，眼前的黑暗空間無邊無際，不知道盡頭在哪兒。寬闊空曠的世界，彷彿四面八方都是沒有邊際。在燈光的照耀下，周圍的空氣，反倒泛出一絲微微的紅光。

這令黎諾依不安起來。

事有反常必有妖，純粹的空氣一般而言是不會發光的。只有空氣裡夾雜著某種特殊氣體，才會在燈光下反射出顏色。難道，空氣裡有毒？

女孩將地上的裙子撿起一件，扯爛，又從地上撿起一瓶礦泉水。將扯下的紗布折疊了幾層，打濕後，拴在了耳後，擋住口鼻。

聊勝於無的自製口罩，令她心裡好受了一些。

黎諾依把自己散亂的頭髮胡亂紮了個馬尾，拿起登山包，在包裡塞滿了自認為有用的東西後，隨便尋了個方向，邁開腳步走去。

時間在沒有對照物，甚至看不到盡頭的前進著，令人焦躁。女孩完全不知道自己走了多久。刺破黑暗的頭燈電量，在時間的流逝中，隨著黎諾依身上帶著的食物一同變少。最後閃爍了幾下後，徹底熄滅了。

女孩嘆了口氣，「戶外用品店的老闆說這個頭燈能用七十二個小時。難道我已經往前走了三天？」

如果真的走足了三天，事情就更不尋常了。一個完整的二十四小時，應該是有白天有黑夜的。但是，七十幾個小時，黎諾依所在的地方，都是漆黑一片。難道，她在某個巨大的洞穴中？

女孩沒想通。她在黑暗中眨巴著眼睛，內心有些絕望。

就在這時，黎諾依突然發現右側的遠處，似乎飄著一絲明亮。

「出口？」她精神一振，飛蛾撲火般，連忙朝著那一絲光走去。看起來遙遠的光點，並不是太遠。越是靠近，她越是內心振奮。

是出口，真的是出口！光點在變大，如同黑色塑膠口袋被破開了白色的豁口，帶給她逃出生天的希望。

當女孩雀躍地走到白光前，想要一腳踏出去時。卻又在那一瞬，有些猶豫了。黎諾依站在一步之遙的出口處，皺著眉。

眼前的白光，有著日光的光譜。逆光的緣故，看不清外邊究竟有什麼。大腦告訴她，只要踏出去就能逃掉。

可不知為何，自己卻隱隱的有些不安。

躊躇片刻，女孩始終不清楚自己的不安，來自於哪個方面。她從口袋裡掏出一個硬幣，朝出口方向拋過去。

沒多久硬幣就發出脆響，顯然是撞到了類似石頭的堅硬地面。自己所在的詭異森林，並沒有硬質地面。外面，究竟是哪裡？

疑點重重下，黎諾依眉頭皺得更緊了。但是她沒有別的選擇，除了在這個無盡的黑暗空間中受困餓死，就只剩下進入出口。

女孩最終選擇了後者。她不是一個只知道止步不前的人，雖然明知道眼前有危險，但是嘗試都不嘗試就選擇放棄，並不是黎諾依的人生態度。

「死就死吧。」黎諾依一咬牙，閉著眼睛，踏入了白光中。

走了幾步後，她突然發出「咦」的一聲。

女孩的腳，踩在了硬質地面上。與其說是硬質地面，不如說是石磚。黎諾依稍微張開眼睛，頓時，她更加驚訝了。

眼前的景象，有些熟悉，熟悉得她無所適從。

高低不一的古風建築，映入她撐開一半的眼簾。這地方黎諾依極為熟悉，赫然就是狗窩鎮上，饒妙晴家樓下的巷道。

奇怪了，剛剛自己還在怪異的森林裡，森林離狗窩鎮也明明有幾十公里遠。可為什麼跨了一步，就來到了狗窩鎮的西側？難道森林和狗窩鎮真的有某種關聯？她不小心通過了密道什麼的，逃出了森林？

饒妙晴家位於狗窩鎮極具陝北風情的古鎮區，雖然翻修過，但是內部仍舊有許多建築是幾百甚至幾千年前的格局。

黎諾依往身後看了看，果然背後有機關。剛剛自己出來的地方變成了牆壁，完全看不出任何端倪。再讓她找，女孩也完全無法找出出入口到底在哪兒。

這狗窩鎮，到底還隱藏著多少秘密？

白天的陽光，灑在石板和她的身上，暖洋洋的。幾天沒見過天日的黎諾依舒服地伸了個懶腰，不安的心也放下了不少。既然從森林裡出來了，就該認真的想想，怎麼將阿夜救出來。阿夜，應該還迷失在森林中吧？

女孩整理了一下自己身上的衣物，儘量不讓自己看起來狼狽。她從小巷子拐出來，走到了古鎮大街上。

不知道今天是什麼日子，上次來還熙熙攘攘的古街上，一個人也沒有。

「幾點了？」黎諾依覺得奇怪地看了看頭頂。太陽從天空的最頂端，稍微偏西了一些，不多。現在頂多是下午兩三點左右。

女孩推算了一下時間，她進入森林時，應該是禮拜二。在森林裡待了最多四天，也就是說，今天應該是星期六。

一個古鎮人最多最熱鬧的時段，正是週末兩天。怎麼可能會一個人也沒有？人都去哪兒了？沒聽說過最近有什麼大人物要來這兒，需要將整個小鎮清場啊。

黎諾依覺得很奇怪。

她猶豫著往前又走了一段路。可是越走，她越是疑惑。甚至心都沉入了谷底。再走兩步，一股毛骨悚然的感覺，爬上了黎諾依的心坎。

她整個人，猛地在原地呆住了。

不遠處，就是出古街的石龕和橫跨整條主街的牌坊。順著牌坊下的道路，兩側原本有著密密麻麻，由許多中年和老年女人擺的小地攤。可現在，小攤還在，就順著街道兩旁擺放著。

每個小攤上，甚至還放著本地小東西，以及沒來得及收的零錢。

但是偏偏，小攤的主人不見了。任何人都沒有。彷彿在一眨眼間，那些擺攤的中年老年婦女們全都不要養家活口的商品，連錢都不要就逃命去了。

黎諾依側頭想了想，突然，她想到了一個可能。這個狗窩鎮有怪物有英雄。難道是攤主收到了通知，某個看不到的神秘怪物要出現了，手拿馬克思名言錄的紅內褲中二英雄要出來打怪獸了。

所以人，全跑了？

這，極有可能！

黎諾依心裡的不安，並沒有因為自己剛剛的解釋變淡，反而更加濃烈了。不安感在侵蝕她，讓她非常不舒服。

女孩走過了牌坊，又往前走了兩步。突然，她像是發現了什麼般，再次停住腳步，往後看了一眼。

牌坊，這個牌坊有問題！

上次和阿夜來的時候，牌坊上畫著許多古風圖畫，寫滿了密密麻麻的文字。阿夜曾經饒有興致地跟她解釋，這個牌坊，是關於一個拯救了狗窩鎮的偉大女人的故事。

故事從兩千年前說起，講述了這塊土地貧瘠的陝北高原，狗窩鎮的先祖如何艱難求存。但依舊難逃餓死的命運，最後，這個女人不知因為什麼，提議大家養一種當地特有的土狗。缺少糧食的狗窩鎮當地居民自然不同意。

剩下的糧食，人都餵不飽，怎麼可能有多餘的食物餵狗。

那女人沒有再勸大家，反而以身作則，憑一己之力養了許多狗。她養出的狗最後成了狗窩鎮居民的食物，成功地讓鎮民逃過了饑荒。狗窩鎮也得以繁衍至今，生生不息。

故事很簡單，但是許多細節，不知是什麼原因被模糊了。當時阿夜曾經笑著計算過，古代的一個鎮，至少也有幾千人。要提供食物給幾千人度過不知道多久的饑荒，那麼那女人，至少要養數以萬計的狗。

如此大量的狗是怎麼來的？狗用以繁衍的食物是什麼？為什麼給狗吃的食物，不乾脆拿出來給人吃？畢竟養狗充饑，已經屬於二次能源消耗了。比直接能源的消耗量大得多。如果是拿來餵狗的東西，不適合人類吃，這個猜測也不成立。

狗能吃的，人都能吃。在饑餓時代，人能吃樹葉、雜草、觀音土，就連易子而食都不在少數。吃人的人都不少了，狗食，在當時應該算是高檔食材了。

黎諾依這一次回頭，驚訝的是，牌坊上的畫變了，變得猙獰恐怖，上次見到的女人養狗浮雕變得面目全非。取而代之的是一塊像地圖的東西。

狗窩鎮周圍，迷霧般偌大的土地，全是蒼莽的樹種單一森林。森林將狗窩鎮包圍，城裡的人縮成一團瑟瑟發抖。

浮雕中的森林，並不是普通的森林。森林裡紅霧彌漫，紅色的霧氣裡，隱約有一些透明的怪物浮現。

「這個森林，分明是我和阿夜迷失的神秘森林嘛。」黎諾依聚精會神地看著牌坊上的浮雕。這些浮雕雕刻得非常精細，如同照片印上去一般，真實無比。可怕的是，那些紅霧實在是太真實了，就像只要一眨眼，紅霧就會突破平面，從浮雕中噴湧而出。

哪怕只是浮雕而已，都讓膽子挺大的黎諾依看得害怕了。她不知為何，居然能體會浮雕中瑟瑟發抖的鎮民們為什麼會害怕。

「狗窩鎮難道有兩個相同的古街道，格局和佈局都一樣，只有門前的牌坊不同？」黎諾依往後退了兩步，皺眉想個不停。國內確實有許多激進的新修古鎮會搞這套陰陽鎮，有意讓遊客有種走迷宮的刺激。例如四川的一處雙螺旋八卦古鎮。但是，眼前的狗窩鎮，顯然不同。

她畢竟看過狗窩鎮的地圖。古城區就那麼大一塊地方，哪裡容納得了陰陽鎮佈局？再多看了幾眼，黎諾依頓時大驚失色，嚇得不輕。

只見在浮雕的最中央，有一個衣著和浮雕中其他人顯然不同的女子，正站在古代狗窩鎮牌坊下。她穿著衝鋒衣，揹著鼓脹的包，手裡提著一個沒有電的頭燈。正回頭看向自己背後的牌坊。

黎諾依全身冰冷。浮雕上的女子，分明就是她！最可怕的是，浮雕刻畫著女孩不遠處，一隻猙獰的爪子探了出來。那爪子似人似獸、毛茸茸的。一寸多長的指甲配著乾癟的骨架，極為恐怖。

爪子，潛伏在黎諾依視線難以注意的角落，準備伏擊她！

女孩連忙轉身，朝浮雕上刻著爪子的方位瞧去。卻什麼也沒有看到。她再一抬頭，浮雕上的爪子，也消失得無影無蹤。彷彿剛剛眼睛看到的事物，只不過是她的一場白日夢。

但是這浮雕究竟是怎麼回事？為什麼會將她剛剛的狀態刻上去？難道牌坊上有隱藏螢幕和攝影機？

黎諾依試著走幾步，但浮雕上的她，仍舊一動不動地凝固著剛剛的模樣。死死望著牌坊，一臉惶恐無助。

女孩從附近找來一個鐵塊，朝浮雕上的自己扔過去。鐵塊重重地砸中了刻著自己的浮雕，砸得石沫子都飛濺了一些出來。

黎諾依的臉色，頓時不好了。

如果刻著自己的浮雕真的只是個藏得很隱密的螢幕的話，用鐵塊砸，肯定會將螢幕砸壞。但她卻只砸出了石沫子。這只證明了一點，自己的模樣，確實是刻上去的。但，是誰將自己刻上去？為什麼要刻她，不刻別人？

狗窩鎮和神秘森林裡，這麼久以來，自始至終都有一個未知身分的人在針對自己。是他，幹的嗎？

他幹這種事，到底有什麼好處，有什麼意義？

黎諾依完全糊塗了。無論如何，這都不算好跡象。

她沒再管浮雕，離開了牌坊。一直往新城區走去。狗窩鎮的新城區，仍舊是低矮的建築居多。少有電梯公寓。一路走來，黎諾依仍舊沒有看到任何人的蹤影。就連四周都只剩下靜悄悄，沒有蟲兒鳴叫，沒有鳥兒歡笑。

死寂彌漫在視線可以觸及的一切地方，下午的狗窩鎮新城，店鋪密集，商業氣氛濃重了許多。道路兩旁的店鋪開著門，開著燈，甚至保持著一切城市應該有的商業活力。

唯獨，缺少人。

「有人嗎？人都死哪裡去了？」黎諾依實在受不了了，她打開嗓子吆喝了幾聲。聲音穿透空氣，朝遠方傳遞而去。卻沒有任何人、任何生物回應她。哪怕是一聲噪音，也沒有擠回來。

她瘋了似的到處尋找人類以及別的生物的蹤影，就連是一隻狗、一隻貓、一隻蟬她都沒發現。黎諾依覺得，即使是找到一隻平時吵死人的蚊子也好。

女孩不知道找了多久，最後累極了，暈倒在公園的長椅上。

又不知多久後，黎諾依才清醒過來。她張開眼睛的瞬間，就感覺周圍有些不對勁兒。似乎和睡前有些不同。

眼皮子不遠處，赫然有一隻蚊子，靜悄悄地，離她睜開的眼珠子，只有不到五公分遠。

她頓時一驚，整個人都往後一縮，翻了起來。

第四章 活著的森林（中）

人是社會動物，對一個人最嚴厲的懲罰，就是把他排除在社會之外。

在一個沒有人，沒有生物的死寂世界中，再堅強再瘋狂的人，早晚也會瘋掉。

黎諾依就陷入了這個尷尬中。在這個沒有人的狗窩鎮裡，無疑，她的意志在逐漸崩潰。她覺得沒有什麼糟糕的處境，會比待在一個只剩自己的小鎮裡，叫天天不應叫地地不靈更糟糕了。

直到她昏睡前，這個聰明堅定的女孩也如此認為。

可她完全不曾想像到，還有更可怕的事情，在等待著她。

那隻剛剛還離她的眼珠子只有五公分的蚊子，絲毫沒有因為她清醒過來而逃走。仍舊懸浮在剛剛的位置，靜悄悄的，甚至沒有發出任何吵人的聲音。

「狗窩鎮的蚊子真高級，咬人不帶鬧的。」黎諾依下意識的整理了一下自己有些亂的衣裳。她覺得那隻蚊子很奇怪。

再稍微一轉頭，黎諾依嚇得心臟猛地一抖。

不知何時，公園的一角也出現了許多人。男男女女老老少少，有的手裡拿著小吃，有的端著保溫杯拽著在往前奔跑的小孩。

唯獨沒有誰看她，哪怕一眼。

「有人了，太好了！」見到許多人後，黎諾依實在是鬆了很大一口氣。沒人的小鎮，實在是把她弄怕了。

但是沒過多久，女孩卻發現了一件更震驚的事實。

她所在的長椅上的蚊子，仍舊懸浮在原地，一動不動。蚊子確實能在同樣的地方飛停，但膽小的天性注定了它被發現了就會逃。絕不會莫名其妙的一動不動。

「果然是隻奇怪的蚊子。」黎諾依皺皺眉。突然，她像是意識到了什麼，整個人的腦子都亂了。

聲音！明明有蚊子，附近有那麼多人，可是為什麼周圍還是靜悄悄的，什麼聲音也沒有？

黎諾依渾身一抖，她的神色裡流露出驚恐。女孩伸出手，試探地向蚊子摸過去。隨著手指越來越近，蚊子仍舊沒有感覺，沒有絲毫的動彈。

最終，她的手指接觸到了蚊子。甚至能將飛在空中的蚊子抓住，就如同只是在一幅畫上，將固定在畫中的蚊子摘下來一般。

可，這明明是真實的世界。怎麼可能出現這麼詭異的現象？還有周圍這些明明在活動的人，為什麼大家都靜悄悄的，不發出任何聲響？

不！不對！他們，真的是活動著的嗎？

黎諾依艱難地挪動自己僵硬的脖子，她的視線一眨不眨地觀察著周圍的人。幾秒過後，她的眼神裡流露出難以置信的神色。

這些人，看似在動，其實只不過是保留著最後一秒的動作。這個公園裡所有的生物、風景，都像是被什麼人按下了暫停鍵，凝固了。

是時間停止了？不可能！什麼人能暫停得了時間！這麼許多年，遇到過無數離奇古怪的事件，黎諾依接觸過的超自然物品也不少了。她還從來沒有遇到過能夠停止時間的超自然物品！

可眼前的狀況，又是怎麼回事？

黎諾依感覺自己快要瘋了。她拚命地朝最近的人走過去，衝著那個男性的耳朵叫道：「喂，你聽不聽得到我的聲音。」

被停止了的男子，自然不可能有任何反應。

她嘗試了好幾次後，終於放棄了。黎諾依衝出公園，她驚訝地發現，不只是公園，就連步行街和商業街中的人和生物，同樣也保持著前一秒的動作，安安靜靜地凝固在原來的生活中。

女孩的意志在崩塌，她察覺到自己意志崩塌的速度非常不尋常。女孩越發的害怕，被停滯了時間的狗窩鎮，正變成一個可怕的陷阱。

這個陷阱，難道又是針對她的？

黎諾依跌跌撞撞地衝進了附近的一間通訊行，找了一隻電話，深吸一口氣，用最後的力氣撥了阿夜的手機號碼。

這是她最後的救命稻草，但是她卻深深地清楚，這根救命稻草脆弱無比，甚至會令她更加的絕望。

但讓人意外的是，電話竟然通了。

一個熟悉的聲音從話筒的那一邊傳遞過來。

「依依，是妳嗎？」

聽到那個聲音的瞬間，浮萍般無根的心，竟然安定了下來。黎諾依感覺自己冷靜了許多，意識崩潰的程度，也稍微變小了。

「阿夜！快救我！」黎諾依只來得及說完這句話，她整個人的靈魂，就像是被什麼人抽走了似的。眼前一黑，什麼也看不見了！

□

在最彷徨最無助最焦慮的時候，我接到了黎諾依打來的電話。靜謐的森林，潛伏著無數的危險。那些危險圍繞著我，想要給我致命的一擊。

我已經很累了，但是黎諾依的電話，讓我瀕臨崩潰的精神猛地一振。

「阿夜！快救我！」女孩只在電話裡說了一句話。電話就被掛斷了。我瘋了般用手機回撥，可無論如何都無法撥打電話。等反應過來的時候，我才發現，自己的手機螢幕上的訊號顯示仍舊一格都沒有。

這是怎麼回事？是疲憊不堪的我產生的幻覺？還是白日夢？

我皺了皺眉，將通訊記錄打開。黎諾依的名字赫然出現在了最近聯絡人中。幾秒鐘前，她，確實打來了一通電話。在沒有手機訊號的地方，打通了我的電話？這實在是太詭異了。

自己非常確定，那是黎諾依本人。她一個禮拜前莫名的失蹤在森林中。一個禮拜後竟然打電話向我求助。依依，必然是遇到了某種危險。

無論如何，我都必須要找到她，救她！無論如何！

至少現在我能確認，黎諾依還活著。疲倦的我莫名的多了一份力量，強撐著從地上站起來。

那些潛伏在森林裡的怪物，因為暫時衝不破神秘豆子形成的磁場，仍舊圍繞在我周圍。它們的力量並不大，但是卻非常的謹慎聰明。這份謹慎，讓我非常的意外。

「沒時間跟它們耗了。」我將背包裡留下來的礦泉水一飲而盡，伸了個懶腰。微微一遲疑後，最終將一口古舊的小盒子取了出來。

古舊的盒子裡裝著一把鋒利的青銅小劍。小劍看起來是用青銅冶煉而成，其實根據老男人楊俊飛的多番檢驗，至今也搞不懂它的材質。劍可以在打開盒子後抵消地球引力，在空氣裡亂飛，主動攻擊周圍的一切。

不分敵我，甚至就連它的主人都會被誤傷。而且，使用它的人，還會有其他更嚴重的後果。一般而言，我對超自然的物品，都是抱持敬而遠之態度的。畢竟根據能量守恆定律，得到一些，失去的肯定比得到的多。利用超自然的東西，失去的恐怕比得到的更是多得多。

但現在，自己已經顧不了那麼多了。為了救黎諾依，哪怕是現在沒命都無所謂了。

我一顆一顆地將撒在地上的豆子撿起來，失去了保護的磁場，森林裡的怪物微微遲疑後，就朝著我撲了過來。

我嘲諷的一笑，將盒子打開。之後猛地朝地上一趴。

眨眼間，一道刺眼的鋒利流光從盒子裡飛竄而出。流光所到之處一切都土崩瓦解，流光在黑暗的森林裡連貫成絢麗的色彩，血液飛濺中，空氣中的色調五彩斑斕，好看至極。

驚人的美麗中，流光中所有的怪物都被切割成碎片。更遠一些的怪物驚詫恐懼地發出低沉的吼叫，一窩蜂的全逃掉了。

我謹慎地又讓小刀在空中飛了一陣子後，才將它重新封印回盒子裡。

「他奶奶的。用這些東西簡直會上癮。從前很難處理的難題，現在簡直不是個事兒。人生都開掛了，難怪那些擁有超自然物品的主人會忍不住濫用。最後讓這些工具，將自己的心蒙蔽，最終墜入黑暗裡，無法自拔。」我搖搖腦袋，不由得感嘆了一句。好不容易將暗爽的心壓抑住，又稍微休息了一下後，這才緩慢地朝遠方走去。

近在咫尺的危險接觸了，現在最重要的是解決兩個問題。

一是定位黎諾依到底在哪兒。

二便是找到圍繞在周圍，如迷宮般把自己困住的森林的出口。

第二個問題，倒是挺好解決。自己已經找到了答案！現在每一刻都是在和救黎諾依賽跑。我時間不多，只好再次玩命了。

趁著夜色，我走到了不遠處的一棵樹旁邊。這棵樹和周圍所有的樹似乎並沒有什麼不同。但是根據這一個禮拜的長久觀察，我發現，這棵樹有些古怪。

我取出瑞士軍刀，用小鋸子在樹的根部切割出手指深淺的傷口。樹沒有任何反應。自己反而微微一笑，心裡更確定了某件事。

再次走到一棵樹前，自己在樹根同樣的位置上，也割出了傷口。一棵接著一棵，我一連割了六棵樹。

就在自己蹲下，取出鋸子準備割第七棵樹的時候。突然眼前一晃，剛剛還在自己眼前的樹，竟然不見了。

「果然如此。這片森林有機關，地面果然在動。」我輕咬下嘴唇。其實自己早就將周圍幾百棵樹的特點牢記在心中。也早就判斷出，只要自己試圖出去，樹木就會移動，形成人工迷魂陣，將我困住。

這就表示，這片森林果然是受人為干擾和控制。將我困住的人一直試圖殺掉我，但是對我又極為忌憚。所以才暫時把我困在樹林中，希望將我困死餓死。

困住我的人，和綁架黎諾依的人，應該是一夥的。但隱藏在森林裡的人，為什麼會針對黎諾依？他們想在黎諾依身上得到什麼？

在狗窩鎮的時候，我就知道鎮上有人窺視著我們的一舉一動。並且不斷的針對黎諾依，偷她的行李箱、試圖攻擊她。甚至最後在這片森林裡將她擄走。這些行為實在太古怪了，我根本沒辦法推測他們的目的，以及到底想要從黎諾依身上搶走什麼。

畢竟，現有的資訊太少。就算是黎諾依本人，恐怕也是沒頭緒的。

我沒有追著第七棵樹跑，而是很放心地尋著一個特定的方向往前筆直的走。隨著我的移動，雖然我看不到，但是自己卻清楚的知道。我周圍的樹肯定也在悄無聲息的移動著，想要封鎖我的行動。

樹本身是不會自己動的。但是樹下有機關，機關會遵循特定的方式移動，牽一髮動全身。按照原本的設計，哪怕是記住了所有樹的特徵，被困住的人也難以從這個人為迷魂陣中逃脫。

不過這難不倒我。

我往前走了大約十幾分鐘，就聽到附近的每一棵樹都發出刺耳的「咔咔」聲，彷彿金屬遇到了巨大的阻力，不斷地碰撞在一起。

「成功了。」我大喜，連忙加快了腳步。這片迷魂樹林不大，但是卻非常難以走出。經過一個星期的觀察，我發現只要向著特定的方位，其中的六棵樹就會移動到某個位置。而第七棵樹，就會變成堵住出口的障礙物，讓人繞回中心地帶。

但是這一次不同，我在割傷那六棵樹的時候，順便在樹的傷口中各撒了一顆豆子。這種神秘的豆子雖然會形成抵消物理攻擊的磁場，但是卻有個缺陷，磁場無法移動。連帶著被磁場籠罩的物體，也無法移動出磁場。

被磁場籠罩的樹，當然不能動彈。只不過六棵樹的動能不斷地轉化為攻擊，消耗著豆子上的神秘磁場。自己，只有十秒的時間可以利用。

我的眼睛迅速尋找著第七棵樹的位置，「很好，還在預計的地方。」

第七棵樹由於前六棵無法動彈的緣故，沒有移動到特定位置，因此露出了一絲空隙。那空隙，就是逃出迷魂陣的全部希望。自己絲毫都不敢懈怠，以最快的速度衝了過去。

就在自己險之又險地和第七棵樹擦肩而過時，那難聽的「咔咔」聲消失得無影無蹤。樹林，再次恢復了平靜。

我抹了一把身後的冷汗，轉頭向後望了一眼。背後仍舊是樹林，看起來稀疏平常，和周圍的樹木並沒有任何不同。但是我清楚地明白，那裡的人造迷魂陣依然存在著，只要後退哪怕一小步，自己又會陷進去，難以逃出。

自己謹慎地在這片迷魂陣四周作了標記，這才鬆了口氣繼續往前離開。現在當務之急是定位黎諾依的位置，這個目標異常困難。

我一邊走一邊想。突然，自己眼前一亮。

黎諾依，剛剛為什麼能撥通我的電話？是她所在的位置特殊，還是說，我身上有特殊的地方？

依依失蹤時，沒有帶任何超自然物品。所有超自然物品都在我身上。一開始，我認為狗窩鎮的神秘人對自己所帶的超自然物品感興趣。可惜這個猜測很快就被推翻了。神秘人偷黎諾依的東西，只針對黎諾依。這是目前唯一能確定的。可是她並沒有攜帶超自然物品。而我的手機，也沒有訊號，但她仍舊打通了……

等等，不對。我似乎有哪個地方忽略了。

一般而言，普通人使用擁有超自然力量的物品，都會以付出生命為代價。我不同，從小自己就清楚，自己有些地方和別人不一樣。我的身體能負擔得起守護女李夢月那打破物理定律的驚人蠻力之外，也能稍微承受得住超自然物品的摧殘。

這也是我能在一次次的恐怖超自然事件中最終存活的原因。

黎諾依是普通人，她無法承受超自然物品帶來的身體細胞損毀。但是卻能使用一些經過超自然物品處理的小玩意兒。例如偵探社不久前才發的特殊手機。

我們用的是相同的手機。這種手機裡鑲入了一些對人體沒有太多害處的超自然物品碎片。這手機不只能超長待機，而且哪怕沒有了訊號，也能通話。

兩隻手機的碎塊本就是來自同一個整體，也能相互感應到對方的位置。自己記得，老男人楊俊飛還得意洋洋地介紹過這個功能。

我皺著眉，在手機上操作了一番後，將這功能找了出來。又是一番撥弄，手機螢幕上真的出現了一個光點。

那是黎諾依的位置！

她仍舊在這片森林中，但是卻沒有移動。地圖介面上，一大片空白當中，顯示著我的當前位置，和依依的所在地。

我試著走了幾步，我的位置立刻刷新了。

「功能還挺好用的，回去一定要好好踢上老男人幾腳表示感謝。」我撇撇嘴，放心了許多。既然能確定黎諾依在哪兒，事情就好辦多了。

我吃了點東西，恢復了些精神。朝手機上黎諾依的所在走去。她和我所顯示的兩個光點，衡量不出具體距離，需要自己一步一步的多判斷。

就這樣往前走了幾個小時，猛地，我的耳朵聽到了一些尖叫。自己頓時小心翼翼的潛伏到樹的背後，探頭往尖叫的來源處望去。

只看了一眼，我就愣住了！

怪了，這座森林裡居然還有別人。但是該死！這是怎麼回事？

自己肉眼可及的地方，是棺材。

無窮無盡，不知道數量究竟有多少的，密密麻麻的棺材……

不！這些棺材，絕對不對勁兒！

第五章　活著的森林（下）

沒有什麼，比活著更重要。哪怕所有人都死掉了，只要自己活著。只要自己還活著，那就好。

只要自己還活著！別的人都不重要。只有自己，才是最重要的。

每一個人都是利己的生物。哪怕是被扔進了獨立的森林中，也同樣如此。不，應該說正是因為在獨立的環境裡，才更能顯示出利己主義的重要性。

史輝等九個人，在森林裡的第一晚，就看到了驚人的一幕。隨著頹廢男陳宏子被什麼東西拖入森林失蹤後，樹林中原本若隱若現的紅光就明顯了許多。

一絲一縷的紅光遊蕩在空氣裡，形成了一條一條的光帶，朝森林的深處飄。彷彿有什麼東西，正在吸引著紅光。

「有些不太對。」折蓉蓉皺了皺眉：「這些紅光的形成原因不明。而且在無風的環境下還會動，有點不符合常理。」

長髮女李娜撇撇嘴，「該不會是陳宏子的失蹤，觸發了某種連鎖反應吧。」

沒想到她無心的一句話，讓眼鏡男金武眼前一亮：「很有可能。我有一個猜測，陳宏子之所以失蹤，會不會和住不住帳篷外邊根本就沒有關係？」

「什麼意思？」財迷姜易凶巴巴地看向他：「說清楚。」

「你們應該還記得，陳宏子在白天的時候，用開山刀砍過樹根。他傷害了森林，所以晚上被森林攻擊了。」金武解釋：「所以無論他有沒有帳篷住，其實沒有太大的意義。幸好沒有人收留他，否則，收留他的人恐怕也會遭遇不幸。」

理智的折蓉蓉古怪地看了金武一眼：「是什麼讓你得出這個結論的？這些突然變亮的紅光？」

金武微微一搖頭：「直覺罷了。」

「直覺？」折蓉蓉咬了咬嘴唇，顯然是不信。

站在史輝身旁的笑笑，原本還傻笑傻笑著。可是當她看清楚紅光後，猛然間像是想到了什麼，整個人都呆住了。

苗暢注意到她像是驚喜又像是迷惑的臉，連忙問：「笑笑。妳怎麼了？」

「這些紅光，我聽親戚鄰居家的小孩提到過。」笑笑清醒了過來，大喜道：「他說自己的爸爸就是跟著突然變亮的紅光走，才找到了值錢的東西的。」

話音剛落，大家都是一愣，之後便激動不已。姜易和曹麗娜兩個財迷夫妻檔更是大喜過望：「真的？寶藏就藏在紅光附近？」

苗暢謹慎的輕輕推史輝：「你也說兩句。這片森林，沒有誰比你更熟悉吧？畢竟你爸爸來過幾次，還留下了筆記。」

「筆記裡確實有關於紅光的記載。」史輝不情願地說道：「筆記裡提到，只要紅光突然變亮，能夠找到紅寶石的機會非常大。紅光越亮，附近的紅寶石越多。」

笑笑的閨蜜秦婷婷雀躍不已：「那還等什麼，我們快去找。等找到了足夠多的紅寶石，賣掉後先還掉網路貸款。剩下的我說不定還能混吃等死一輩子。」

漆黑的夜色裡，剩下的九人連忙迅速收拾好行李，尾隨著緩慢飄走的紅光朝遠處走去。越走越遠，就這樣不知道走了多久。紅光始終像是一條被牽引的光帶，穩定而曲折的向森林深處移動。

終於，就在大多數人快要走得不耐煩時，紅光停滯了。光帶被逐漸打散，形成了薄薄的一層紅霧，縈繞在樹林之間。

「紅寶石在哪？」姜易和曹麗娜率先衝入紅霧中找寶藏，可是並沒有在這片看起來並不特殊的樹林中尋找到任何東西。

「媽的，笑笑，妳是不是在玩我？」姜易破口大罵。

笑笑被他嚇了一條，連忙縮著脖子想要往史輝的背後躲。才剛往後，卻不小心被身後的什麼東西絆住了，頓時摔倒在地。女孩覺得自己的背被某種硬物撞得很痛，下意識的伸手抓住，湊到眼前看了幾眼。

藉著頭燈，當她看清自己手裡抓的究竟是什麼時，笑笑嚇得歇斯底里的尖叫起來。只見她的手上，赫然抓著一個頭蓋骨。骨頭不知道在森林裡暴露了多久，已經風化了。風化的鈣質很脆，稍微一用力，就變成了粉末，唰唰唰的直往女孩身上掉粉。

史輝將嚇壞的笑笑扶起來。他們幾個人不約而同的一起用頭燈照亮四周。沒過幾秒鐘，所有人都倒吸了一口涼氣。

棺材！密密麻麻的棺材，就在他們的四周。就連自己什麼時候進入這個無數口棺材形成的亂墳崗，也沒有人清楚。

這片森林不是普通人看不見，也進不來嗎？哪來的這麼多的棺材！實在是，太可疑了。

「棺材是從哪裡送進來的，這裡明明就是森林深處。」長髮的李娜一臉驚恐。

折蓉蓉搖搖腦袋，「人的大腦通常會欺騙自己。你總認為自己走了很遠，就是深處遠離人煙的地方了。可說不定，我們一直在出口處繞圈。畢竟棺材這麼多，密密麻麻地看不到盡頭。說不定有上萬口。有多少棺材，就有相對應的人將棺材抬進來。如果森林的入口離這裡遠了，耗費的人力物力會非常大。」

金武走到附近的一口棺材前，隨手拍了拍。棺材的木質還算結實，應該是不久前才抬進來的。

姜易和女友曹麗娜對視一眼，擺脫了起初的恐懼後，竟然大笑起來：「發財了，這麼多棺材。只要是棺材，裡邊就肯定有陪葬品。光是搜刮陪葬品都能發財啊。」

說著兩人就朝棺材群中跑，找了一口看起來木質上好的，想要將棺蓋掀開偷陪葬品。

不知為何，看到這些棺材後神色就有些不對勁兒的苗暢，突然臉色大變，朝姜易兩人吼道：「千萬別掀開棺材蓋！」

姜易手一抖，嚇了一大跳：「你娘的，吼什麼吼。尿都差點嚇出來了。」

「絕對不能打開棺材。」苗暢渾身都在發抖。

察覺到自己好友古怪表情的史輝，奇怪地問：「苗暢。你知道些什麼？」

「這口棺材，我見過。」在密密麻麻的棺材裡，苗暢徑直走到最外側的一口棺材前。這口棺材很新，蓋板上只蒙上了薄薄的一層灰。通體黑色的棺材表面，並沒有繁複的花紋。只在不顯眼的地方，刻了一個怪異的符號。

除此之外，如果非要說這口棺材有什麼特殊的地方，恐怕就是發黑的棺材在森林中，有些讓人發悚。

「你見過這口棺材？」苗暢的話讓所有人都有些吃驚。

「我記得非常清楚。十多天前，這口棺材，讓我度過了一場永生難忘的可怕經歷。」苗暢抬頭，望著眼前無數的棺材，神情恐懼。

或許這每一口棺材，都發生過同樣的事情。這些棺材有新有舊，越是朝裡，棺材的歲月越是不可考。狗窩鎮，以及這座神秘森林之間，究竟隱藏著什麼秘密？

「說清楚。」史輝沉聲道。他父親留下的記事本裡，可沒有記載這些棺材的事情。

苗暢點燃一根煙，儘量離棺材遠遠的。他抽了幾口，噴出幾個煙圈後，這才緩緩道：「我們這一群十個人，除了失蹤的陳宏子外。有幾個是狗窩鎮本地人？」

笑笑、秦婷婷、李娜、史輝和金武舉起了手。

「有五個本地人。可惜，我不是狗窩鎮本地的。」苗暢又抽了幾口煙：「所以狗窩鎮的一些事，我並不清楚。不，不對，許多事情，恐怕本地人都不知道。」

「你們知道狗窩鎮附近，哪裡有火葬場嗎？」苗暢問。

「說起來，這件事我還真不知道。火葬場，火葬場……」金武率先搖頭，另外四個本地人，也分別搖了搖腦袋。他們是真不曉得，可以說完全沒有聽說過，狗窩鎮有火葬場。

「那我就跟你們講講，我前些日子的經歷。說不定這跟整片森林究竟是怎樣的存在，有關係。」苗暢咳嗽了兩聲，臉上再一次浮現出恐懼。

他轉頭看向史輝，老臉一紅，「兄弟，我要說一聲抱歉。進森林前我跟你說自己借錢給女朋友買蘋果手機什麼的，都是假的。我就是一個愛慕虛榮的人。把你捲進去，真的很對不起。」

史輝沒吭聲。

苗暢開口講起來。那次經歷，並不算美好。即使是過了一些時日了，但仍舊縈繞在他的腦海中，揮之不去！

□

每個人都有不同的人生，每個人都有不同的職業。哪怕是雙胞胎，大多數的地方也都是不同的。如同指紋一般，每個人都有每個人的特點。但是不同的每個人，都有一個共同的特點，那就是都想成為，人上人。

薩特說，他人即地獄。

薩特是對的。無論你躲在世界的哪個角落，無論你是否蜷縮在自己的心靈世界中，也無時無刻不被他人影響。他人評價你、他人陷害你、他人指責你，他人不給你好臉色。他人對你沒有成為人上人，沒有成為比他更有社會價值的人而對你拋出白眼。

他人，即為地獄。

哪怕你每時每刻都在嘴裡掛著小確幸這個詞，其實你內心非常清楚。小確幸只不過是個藉口，你用以掩飾你的平庸，以及家人對你的失望的藉口。

苗暢就是這麼一個人，家人對他失望無比，他也對自己失望無比。他在外租屋，已經有許多年不敢回家。他在狗窩鎮打零工，吃最便宜的食物，租最差的房子，也不過堪堪活下去罷了。

苗暢不過才二十多歲罷了，他每天最大的愛好就是研究周易，他跟每一個人說周易裡隱藏著中彩券大獎的密碼。沒有人相信他，但是他假裝不在乎。在狗窩鎮，他沒什麼朋友。真要算得上是朋友的，恐怕只有同樣落魄的史輝了。

他和史輝是在路邊的小吃攤認識的。

苗暢覺得史輝和他一樣，都在假裝生活。不，其實，他們僅僅只是活著。活著和活著的人，沒什麼防備，所以史輝告訴過他許多不能說的秘密。

撇開他們之間所謂的友誼不談。苗暢並不是個積極的人，每天吃飯睡覺外就是玩手機遊戲，買彩券。妄想著總有一天出人頭地，突然暴富後衣錦還鄉。

可是一夜暴富的可能性，可能只存在於夢中。

所以不久前，苗暢借了大量網路貸款回了一趟家，裝了一次有錢人。衣錦還鄉的喜悅還沒有散去，緊接著就發現，自己一步踏入了網路貸款的陷阱中。欠了一屁股的債。

這傢伙只好在半個月前應聘當了某外賣平臺的外送員，想要靠拚命接單賺點外快來還債。

約十多天前，接近十一點半的時候，苗暢突然接到了一個很奇怪的外賣訂單。訂單看似沒有什麼特別。但是在正常的外送費用外，下單的人還古怪的打賞了五千塊的小費。

「這人腦袋是不是有點問題？」苗暢喜孜孜地接單後，盤算了一下。送餐地點並不遠，大約三公里外。一旦送達，那筆小費抵得上他半個月的收入了。

他放下手裡剛剛還在研究周易的記事本，今天他彩券號碼沒有從周易上算出來，倒是算出了一個奇怪的詞彙。

出租房間陰冷的光，映在桌面的記事本上。記事本上有他寫下的一大堆雜亂無章的字。苗暢完全沒有注意到，那些看似亂七八糟分佈的小字，湊成了兩個長滿筆記本的大字：

——死劫！

其實苗暢在去那家店提餐的時候，就隱約覺得有些不太對勁了。他作為負責這個片區的外送員，雖然還沒幹多久，但是每一家餐廳的名字，大致還是記得的。

可是那家餐廳的名字，極為陌生，甚至，有些古怪！

竟然叫做，「最後一餐」。

今晚的狂風，吹在身上特別的冷。苗暢下樓，穿過雜亂骯髒的小巷子，騎上了自己的電動車。他抬頭看了看天空，夜色極為陰沉，不知為何，他打了個寒顫。

用力地裹緊外衣，苗暢把手機卡在托架上，點開了外賣 app 的外送雲端，一條紅線彎彎曲曲的顯示在螢幕上。起點是自己當前的位置，中間是取餐的餐廳。末端，就是要送到的地點。

最後一餐餐廳，位於老城區一條極為偏僻的巷子裡。那條街上的餐廳並不算多，一家家熟悉的餐館在他的狂奔中掠過，像是浮華後的剪影般，不真實。

跟著導航騎沒多久，電動車拐入了一條岔道裡。巷子更加狹窄了，周圍的樓房也越發的老舊破爛。當到達餐廳時，苗暢整個人都愣住了。

在一片灰瓦建築物和幾棵大樹下，赫然擺放著兩排花圈。對，就是那種死人花圈。慘白的花圈在掛樹上的紅色燈光照耀下，顯得極為嚇人。兩排紙紮人就那麼放在花圈旁，花花綠綠的裝束，僵直的眼神，彷彿兩排絕望將死的人。

寫有「最後一餐」四個字的招牌，在紙紮人和花圈的盡頭，不太起眼。

苗暢吞下一口唾沫，他將車停穩在路旁，站在餐廳大門口，猶豫著是不是該進去。他有些犯迷糊。這條巷子自己送餐的時候，其實也走過許多次了，明明不記得有什麼岔道才對。而且這叫「最後一餐」的餐廳，幹嘛別出心裁的在門口擺花圈和紙紮人，這大活人怎麼敢進去吃飯？

正在他思來想去的當口，一個服務生匆匆忙忙地跑了出來。他瞥了一眼站在門口一動不動的苗暢，發現他穿著外送制服，氣不打一處來地喊道：「喂，你。你磨磨唧唧的幹嘛呢。這份外賣人家要得急，你不想要那筆打賞了？」

苗暢聽到打賞兩個字，頓時清醒過來，他接過服務生手裡已經打包好的食物，畏畏縮縮地問了一句：「兄弟，你家飯館是怎麼回事？怪嚇人的。」

「這你就不懂了吧，這叫特色。咱們家晚上才開門，生意可好著呢。」服務生神秘兮兮地說。

「門口擺花圈，不是詛咒進來的客人去死嗎？」苗暢又問。

「明著說吧，咱家是鬼飲食店。晚上開，白天關。而且，經常做死人的生意。」

服務生拍了拍他的肩膀。

「做死人的生意？」苗暢頭皮都麻了。

店小二見他一臉恐懼，哈哈大笑道：「放心。這些吃食不是給死人吃的。是給守死人的活人吃的。哪家人死了，不是一大幫親戚朋友要守夜嗎？餓了的那些人都會照顧我們家生意，點我們家外賣。」

「所以，等下你送餐，也別太害怕了。說不定就是送去哪個靈堂的。」

服務生說完就回店裡去了。苗暢聽了他的解釋後，心裡稍微放鬆了一些。他把餐盒放進外賣箱中，騎車朝終點奔去。

顧客在點餐時訂了時間，必須要在凌晨十二點前，送到指定地點。訂單的備註上，用加粗的字體寫著，絕對不能超過十二點，否則，就會取消打賞。距離十二點，已經不到五分鐘。一公里多的距離，緊趕慢趕還算來得及。

苗暢飛一般的疾馳，臨近午夜的狗窩鎮一路上都沒有人。這個蕭條的小鎮，年輕人早已經不多了。沒有年輕人的地方，哪裡來的夜生活。

很快，電動車就鑽入了另一個巷子中。巷子是最近幾年新修的，巷子兩旁都是十一層的小高樓。但是入住率極低，除了隔很遠才有的一盞孤零零的路燈外，樓上基本上見不到光源。

在離十二點還差一分鐘時，苗暢終於到達了手機地圖顯示的終點。對比著路上的清冷和昏暗，終點不只有喧雜的聲音，還燈火通明。

果然是一個靈堂。哀樂和哭泣聲不絕於耳，一大群人正坐在靈堂內外哭個不停。見有那麼多人，苗暢膽子大了許多。

「哪位點的餐，您的外賣到了。」走到靈堂前，苗暢喊道。

塑膠布搭起的臨時靈堂中，黑壓壓地坐著幾十個人，竟然沒有一個人理他。所有人，無一例外，全都或安靜，或哭泣。哀樂在這片除了哭外的寂靜中，顯得格外的詭異。

「外賣到了喔。」苗暢加大了音量。

仍舊沒有人回應他。

他有些惱了，將電動車架好，提出餐盒走進靈堂裡。

靈堂中所有人都穿著黑色的衣裳，哭的沒哭的，幾乎都埋著腦袋坐著。刺眼的燈光照得人眼睛很不舒服，苗暢正對著燈光，眼睛都花了。他輕輕拍了一下最近的黑衣人。

那人頭也沒抬，繼續哭個不停。

「怪眉怪眼的，這些人怎麼回事。就算再傷心也不能不理人嘛。」苗暢暗自咕噥。

他抬頭掃視了幾眼。

黑漆漆的衣裳中，有一個穿著白衣的姑娘。說是白衣，不如說是白色的孝服。這應該是死者的兒女，孝服將那女孩的身材輪廓勾勒得窈窕無比，苗暢看得有些口乾舌燥。心想，自己要有這麼漂亮的女友該多好。

可惜自己的真命天女太會捉迷藏了，都二十幾年了，苗暢還沒把她找出來。

穿白孝服的女人跪在一口黑黝黝的棺材前，嚶嚶地哭著。那口棺材很特別，通體漆黑不說，模樣也特別的老舊。斑駁的表漆顯然掉了許多，卻臨時又被新漆補上。苗暢不覺得有多意外，畢竟這地方的老人一到六十歲就開始存木頭，打棺材。

有的人活了九十歲，棺材都快朽爛了才用上。所以棺材修補也成了一門生意。

但是，有一點讓苗暢有些在意。那口古舊的棺材，竟然用白色的棉線，橫七豎八的捆了起來，捆得極為結實。

「怪了，幹嘛要捆棺材。我可沒聽說過類似的風俗！算了算了，我一個送餐的，幾下送完走了得了。」苗暢越看那被五花大綁的棺材，越覺得有些恐怖。

他走到白衣女身旁，女子正一邊哭，一邊用紙巾擦著眼淚。

「美女，你們誰點的餐？外賣到了。」苗暢湊近女子的耳朵說道。

女子的側顏也很美，她聽到了苗暢的聲音，猛然止住了哭泣。她的哭聲一停，整個靈堂所有人都停止哭泣，彷彿在一瞬間，哭聲和哀樂，同時消失了。

死寂，彌漫在偌大的靈堂內。

女子僵硬地轉過頭，看向苗暢。她漂亮的眼睛中全是冷漠，長長的眼睫毛像是假的一般，明明她在止不住的抽泣，可睫毛卻絲毫沒有抖動。

女子的美有多令人窒息，就有多詭異。

原本面無表情看著苗暢的她，突然笑了，笑顏如花般綻放，爬滿臉頰。不知為何，本來見姑娘很美有些色心的苗暢，卻從心底生成了一絲寒意。

他感覺那張絕美臉上的笑靨，像是被畫上去似的標準。

「先生您好。是我點的餐，麻煩您這麼晚了跑一趟。」女子跪在地上轉身九十度，衝他曲了曲柔弱的腰肢：「是我點給我父親的。」

「那我放在這裡了。」苗暢放下外賣，趕忙點點頭，就準備離開了。

「好的，謝謝您。」女子並沒有去拿近在咫尺的外賣，而是用似流水的眼神，看著他走遠。

苗暢走出了靈堂，他覺得背後彷彿有一千隻眼睛在看著他。他趕忙轉頭看了看，可靈堂中的人，又恢復僅剩哀樂和哭泣的安靜，低著頭，坐著。就連那位白衣美女，也跪回了原本的模樣，輕輕哭著，用紙巾擦眼睛。

並沒有人看他，哪怕一眼。

靈堂的頂上寫著，「沉重悼念張先生百年」。中間還掛著一幅畫框。沒錯，真的只是畫框，空空的畫框。裡邊竟然沒有逝者的照片。

「也是夠怪的。」苗暢搖搖腦袋，跨上了電動車。他突然想到臨走時，女子說過的一句話。她說外賣是點給自己的父親。難道逝者，不是她爹？

苗暢沒想明白，因為這靈堂疑點實在太多了。他臨走時有意無意從電動車的後視鏡往靈堂再看一眼。

這一看，嚇得他險些從車上掉下來。

只見身後的靈堂中，弔喪者仍舊坐著，依然是穿著黑衣。但是後視鏡中的景象，卻和他的肉眼看到的完全不同。密密麻麻的黑衣人，在鏡子裡顯得輕飄飄的，彷彿不像是真人。

苗暢難以置信地揉了揉眼睛，閉眼，睜開，再次看了一眼。這次，後視鏡裡的世界更加恐怖了。

甚至，就連剛剛還充滿了耳道的哭泣和哀樂，也彷彿被誰掐住了脖子般戛然而止。

鏡子裡，所有人，都轉過了腦袋。抬頭，一眨不眨地看著他。可那些人，分明不是真人。苗暢非常確定，那些人的漆黑眉毛、黑點點上去的眼睛、以及向下彎曲的嘴角，分明都是畫上去的。

這些剛剛還在哭的人，全是紙紮人。紙紮人，正直勾勾地看著他。

「哎呀，我的媽呀！」苗暢嚇得險些心肌梗塞，他打開電動車的電源，騎著車就跑。他嚇得渾身發抖，拚命逃，直想逃得越遠越好。

可天不遂人願，兜兜轉轉了十幾分鐘，想著應該已經逃出巷子口了。苗暢正要鬆一口氣時，眼前昏暗的路上，出現了燈火通明的塑膠棚子。

棚子裡黑壓壓的，全是紙紮人。

其中一個穿著白色孝服的紙紮人，手裡捧著外賣盒，站在靈堂的最外側。像是迎接苗暢般，它嘴角向上勾，陰森森地冷笑著。

這分明就是剛剛才離開的靈堂！

苗暢怪叫一聲，心沉入了谷底。他突然明白，今晚怕是遇到了鬼抓人。怕是要，把小命栽在這了！

第六章　棺材

「最後你怎麼樣了，被鬼吃了？」笑笑害怕地拉扯著史輝的衣袖。她的好友秦婷婷哭笑不得，「笑笑，人家苗暢挺好的站在妳面前呢。」

笑笑吐著舌頭敲腦袋，不好意思地笑起來：「也對喔。」

「後來又發生了什麼事，老兄，不要說一半就停了。那口棺材，難道和這片森林有關？」姜易問。

苗暢點點頭，又深深吸了幾口菸，這才繼續講道：「後來的事情更離奇。」

苗暢發現剛剛還坐滿人的靈堂內，活人都沒了，全變成了各式各樣的紙紮人，頓時更加害怕了。他瘋了似的騎著電動車就逃。

那晚的路，特別陰冷。他順著巷子中的蜿蜒小路騎了一陣子，總覺得應該出了巷子了才對。可沒多久眼前一亮時，竟然又回到了那亮堂堂詭異的靈堂前。

就這樣嘗試了好幾次，苗暢終究沒有逃出去。靈堂前的路，彷彿變成了一條封閉環，無論如何都會繞回起點。

他絕望了。

而電動單車的電，也終於耗盡。苗暢乾脆破罐子破摔，將車停在靈堂前，走入靈堂中。

你他媽的不是不讓我走嘛，我進來得了。他如此想著。

門口穿著白色孝服的紙紮人，依舊捧著苗暢剛剛送來的外賣盒。他下意識地瞅了瞅，外賣的蓋子已經打開了，餐盒裡熱氣騰騰。

不對啊。送餐花了不短的時間，而距離他逃來逃去也很久了。狗窩鎮的夜非常冷，打開的食物很快就會涼掉。怎麼外賣餐盒中，會有騰騰熱氣往外冒？

苗暢雖然送外賣沒多久，但是基本常識還是有的。他老覺得不對勁，於是將頭探了過去。只看了一眼，他整個人都涼出了一身雞皮疙瘩。

那是什麼東西！

外賣盒裡的食物已經被拿了出來，裡邊裝的是某種動物的內臟。這些內臟剛取出來不久，血淋淋的，冒著熱氣。最上層還有一個如嬰兒拳頭般大小的心臟，正兀自「撲通撲通」的垂死掙扎般跳動著。

猛然間看到這種噁心的事物，苗暢被嚇了一大跳。他慌忙往後退，不小心撞到了附近的紙紮人。

本應該輕飄飄的紙紮人被七八十公斤的苗暢用力撞，居然沒有倒。他反而感覺撞在了硬邦邦的物體上，那物體的觸感不像是鐵也不同於木頭。

苗暢扶著紙紮人站起身，那股不舒服感令他憋得很。於是他大起膽子，用手輕輕地拍了拍紙紮人的胸口。

手透過紙，一直拍到了裡邊的硬物上。這些紙不過是糊上去的，裡邊有東西！

苗暢覺得紙紮人裡的東西，絕對不尋常。他下意識地在紙紮人的臉上扯了一把，將紙糊扯下來。

頓時，他倒抽兩口涼氣，心臟不斷的瘋狂跳動。

紙紮人裡，居然藏著一具冰冷僵硬的屍體。最可怕的是，這具男性屍體的額頭上，竟然還貼著一張紙符。

這是怎麼回事？

這靈堂，這葬禮是怎麼回事？

苗暢覺得自己似乎發現了某種不得了的真相，他膽戰心驚不已。顫抖著又檢查了好幾個紙紮人，無一例外，紙紮人中全都裝著屍體。

偌大的靈堂，幾十個紙紮人，幾十具屍體。大大小小老老少少，圍繞著靈堂正中央的那口棺材。

靈堂，到底是誰辦的？靈堂的主人，哪裡找來的那麼多屍體？他們要人類屍體拿去幹嘛？

一個個的疑問衝擊著苗暢的大腦。此地不可久留。苗暢顧不得許多了，正準備衝出靈堂逃跑。可就在這時，從靈堂外傳來了一陣吵吵鬧鬧的說話聲。

聲音由遠至近，一大群人眼看就要從靈堂唯一的出入口走了進來。苗暢急了，他不清楚偶然知道真相的他，會不會被殺人滅口。

畢竟，今晚的事情，實在是太驚人了。

情急之下，苗暢大著膽子乾脆掀開靈堂最中間的那口棺材的蓋子，看也不看地跳了進去！

棺材很大，密封性很好。跳入棺材後的苗暢還有足夠的空間可以活動。他隔著棺材板仔細的聽著外邊的響動。

可棺材隔音效果太好了，始終不怎麼聽得清楚來人的說話聲。苗暢只知道來的人絕對不少，許多人走到了自己躺下的棺材前，吵鬧的聲音不絕於耳。

終於，一個帶著威嚴感的男性聲音，落雷似的將吵鬧結束了：「準備起棺。」

棺材隨後被抬了起來。

苗暢聽到了許多磕碰聲，似乎棺材和裝在紙紮人中的屍體，都被運進了貨車中。車不太平穩地行駛起來。

苗暢的耳朵好不容易習慣了棺材的封閉，能夠大約地聽到棺材附近守棺人的對話。

「老王，這次棺材還是運到那地方？」一個年輕的聲音問。

名叫老王的人，年齡確實也挺大：「沒錯。」

「你說我們運那麼多屍體，到底是幹嘛？」年輕人又問。

老王喝止了他，「年輕人別問那麼多。族裡有族裡的規矩，族長都是為了我們好。」

「真穢氣，偏偏我抽籤抽中了，得來守棺材和這些紙紮人。」年輕人不情願地說：「什麼時候才出鎮啊，我早點回去還想玩幾場排位賽。」

老王在他腦袋上敲了一下：「就知道打手遊，長點心眼，你都老大不小了。也該存點錢了。」

年輕人咕噥道：「存錢幹嘛。」

苗暢不怎麼聽得懂他們的對話，但隱隱也有些猜測。最讓他覺得棘手的是，棺材外有人守著，自己逃都逃不掉。雖說外邊的守棺人似乎也不是窮凶極惡的，可自己要真的若無其事地從棺材裡跳出去，鬼才知道會發生什麼！

他苦笑了一下，手保持著尷尬的姿勢已經很久了，手肘都痛了。苗暢偷偷地動了一下，這一動不要緊，他的手掌似乎不小心抓到了什麼軟綿綿，不得了的東西！

那軟綿綿的物體鼓鼓的，摸起來很舒服。

苗暢腦袋都轉不清了。這，難道是女性的胸部？

他頓時好奇起來，暗暗思忖棺材的密封性很好，如果自己偷偷用手機看看屍體，外邊的人應該不會發現。

起了這個心思後，苗暢心裡如被貓爪搔抓似的，癢了起來。

他大起膽子，將手機的螢幕按亮。淡淡的光線充斥滿空間不算大的棺材，只見一個穿著白衣服的身影，勾勒在眼前。

苗暢就著不亮的光，分明看到了一襲孝服下勾勒著的窈窕倩影。他就趴在這具有著極好身材的女性屍體上，屍體還有彈性應該才死亡沒多久，甚至還有些溫熱感。

而他的左手，正好抓在了那具女屍的胸脯上。

怎麼是個年輕女人？怪了怪了。靈堂外頭寫著的，難道只是個幌子？

苗暢皺了皺眉，更加迷惑了。這群人究竟是怎麼回事？搜集屍體不說，還做了個假靈堂。這具女屍，到底是誰？

苗暢覺得女屍的身材異常熟悉，似乎自己在哪裡見過。

「這個人，不就是自己送外賣時，親手從自己手上拿外賣的女孩嗎？」苗暢突然想了起來：「那女孩不久前還活著，怎麼才幾個小時就變成屍體，丟到棺材裡了？」

苗暢為了確認這女孩是不是和自己想的是同一個人，抬頭，朝女屍的臉望去。一看之下，他愣住了。

女屍的臉，被一塊黃色的舊布料蓋住了。布料不但破舊，而且看起來讓人非常不舒服。最重要的是，布料的表面在手機光線下，似乎隱隱反射著不祥的光。

布料上畫滿了扭扭曲曲看不懂的文字。

苗暢微微一猶豫，最終還是好奇心佔了上風。他揭開女屍臉上的那塊布，隨後，女屍的臉便全部展現在他眼前。

女屍美麗的臉龐白皙、沒有一絲瑕疵。她的神色安詳，不像是被謀殺。反而如同睡著般，安靜地躺著。

她長長的眼睫毛將合攏的大眼睛遮住，小巧的瓊鼻恰到好處的點綴著紅潤的嘴唇。女孩是畫著精緻的妝容去世的。身上隱隱約約還殘留著自己送去的外賣食物的味道。難道這女孩，臨死之前，吃過自己送的外賣？

女孩驚人的美麗讓苗暢窒息了。他渾身都在發抖，這女孩，無疑就是剛剛拿外賣的少女。她，到底是怎麼死的？

如此年輕就死掉，實在是太可惜了。這種女孩，如果不死掉，當自己的女友該有多好？算了，平常這類女生都是如同女神一般的存在，怎麼可能看得上自己。

苗暢浮想翩翩，可是他完全沒有注意，就在自己將女屍臉上的破布揭開的一瞬間，棺材外的所有人都震驚了。

貓叫，不知從何處傳來的淒厲的貓叫聲，此起彼伏不絕於耳。

「媽的，哪裡來的貓？」老王大罵道：「咱們不是前幾天就把附近的貓殺光了嗎？」

「對呀對啊，我都殺了好幾隻。」年輕人鬱悶道。

老王皺了皺眉頭：「你在這等著，千萬不要讓貓爬上棺材。我出去瞅瞅。」

說著他就離開了。年輕人撇撇嘴，見那個煩人的長輩走了，便掏出手機玩手遊。

就在這時，幾隻黑色的貓，悄然無聲地跳進了貨車，用冰冷沒有感情的視線死死地盯著棺材看。

其中一隻貓，「唰」的一聲跳到了棺材上。

一切都在悄然無聲中發生。貓身上不知道發生了什麼，剛剛還完整的軀體，竟然在跳上棺材的一瞬間變得支離破碎。

鮮紅的血順著棺材板往下流，其中有一部分甚至流入了棺材中。

說時遲那時快，一滴血滴到了女屍潔白無瑕的臉上。

棺材中毫無察覺危險來臨的苗暢，終於有些覺得不對勁兒了！

被自己壓著，剛剛還柔軟無比的女屍。突然變得堅硬，溫暖的觸感也變了。被自己一手抓住的胸脯上的軟糯感，陡然就凍結了似的，如冰塊般凝固。屍體，在僵硬。

這是怎麼回事？

苗暢這輩子唯一接觸過的屍體，要算八歲時。當時他爺爺死了，隔著棺材看過爺爺的屍體一眼。可哪怕是沒摸過屍體，眼下的狀況怎麼想都很異常。

屍體，哪有可能在幾秒的時間內就從軟綿綿陡然屍僵？

「我奶奶的，該不會是屍變了吧？」苗暢腦子裡闖入了這個念頭。

他害怕了。正在他不知所措的時候，女屍原本閉上的眼，睜開了。長長的睫毛下，那漂亮的雙眼中，沒有焦點，也沒有感情。甚至，沒有瞳孔，只有眼白。

苗暢嚇得心臟幾乎都要驟停了。

屍變了！真的屍變了！

他身體下方冰塊般冰冷的女屍，並沒有看他。女屍的手猛地彈了起來，活活地將厚重的棺材蓋頂開了些許。

守在棺材外的年輕人玩排位賽玩得正高興，猛地聽到一聲巨響，抬頭就看到棺材蓋打開了，頓時嚇得魂飛魄散，整個人都僵住了。

隨著一聲聲淒厲的貓叫，女屍站了起來。棺材中的苗暢縮成一團，將自己催眠成了一條可有可無的小蟲子，儘量的不想顯眼。

幸好女屍對他並不感興趣，她站在棺材裡，用鼻子不停地嗅著什麼。隨之咧開嘴巴。苗暢偶然看到了女屍的嘴，心臟幾乎要驟停了。

女屍嬌美漂亮的臉蛋下，竟然隱藏著如此可怕的嘴。咧開的嘴巴中，尖銳不似人類的牙齒密佈，一條長長的紅舌頭隨著嘴巴的張開而垂掉下來。

人類，絕對不可能長出如此可怕的牙齒和舌頭。苗暢感覺這具女屍與其說像是人類，其實更像一條長得像人類的狗。

「媽呀，屍變了。真的屍變了。」棺材外的年輕人大驚失色的喊叫起來，丟了手機拔腿就逃。

手機掉在地上，摔出了刺耳的聲響。

女屍被響聲驚動，朝著年輕男子追了過去。

苗暢見守棺人和屍變的女屍都從貨車裡消失了蹤影，鬆了口氣。他躡手躡腳小心翼翼地從棺材裡爬出來，溜下了車。

貨車已經出了城，鬼才知道這裡究竟是哪兒。一條長長的道路蜿蜒在眼前，一隊十多輛車亂七八糟地停放著。苗暢遠遠看到數百個人正在車後的遠處吵著鬧著，舉著手電筒不知道在幹什麼。

大概是屍變鬧的吧。他一邊想，一邊朝反方向偷溜進了路邊的樹林躲著。那些人鬧騰了大半夜，終於開車走了。到了第二天，天大亮了，他才敢出來。搭了個車，回到了狗窩鎮中。

眾人聽苗暢將他的經歷講完，陷入了不短的沉默中。

理智女折蓉蓉整理了一下思緒：「苗暢，你的故事裡有許多不合理也不符合科學觀的地方。不過鑒於我們所處的這片森林，本來就不合理。所以，我暫時相信你。哎，屍變都出來了。頭痛。世界觀都要被你毀掉了。」

史輝沒吭聲，他繞著棺材群最外側的那口厚重的棺材問：「你提到的棺材，就是這個？」

「對。」苗暢點頭：「我死了都認得。」

姜易說：「打開看看。如果棺材裡邊真有你說的女屍，我就信。」

金武什麼話也沒說，倒是最先有反應。他和姜易幾人走到棺材前，深吸一口氣，將棺材蓋子打開了。

令人意外的是，棺材裡什麼也沒有。

「沒屍體啊。」姜易吼道。

苗暢走上前，往裡看了看。突然從棺材底部拿出了一個東西。他將那東西舉起來，赫然是一隻手機：「你們看，這是我當初掉在棺材裡的手機。棺材果然是那口棺材，但奇怪了，屍體去哪兒了？難道女屍屍變後，那夥人沒有抓到？只得抬一口空棺材過來。」

大夥啞然，腦袋都有些亂。

史輝若有所思。站在他身旁的笑笑，搖了搖史輝的胳膊：「史輝哥，你是不是知道什麼？」

「我剛剛分析了一下。」史輝撓了撓腦袋：「狗窩鎮附近沒有火葬場，這點可以肯定。狗窩鎮的人死後，會不會被鎮上的某個組織將屍體收集起來，送入森林裡？」

金武摸了摸下巴：「以現在的證據，有這個可能。但是那個組織為什麼要幹這件事？」

折蓉蓉分析道：「我不是本地人，知道得不多。可是狗窩鎮本來就有許多神秘的地方。例如鎮上會突然戒嚴，不准你去某個街道。之後那個街道就被圍起來，據說是要拆遷。而且，聽說鎮上還有一個很中二，穿著紅內褲和紅披風，自稱保護城市的中二症神經病出沒。」

周圍剩下的人都點頭，「我們也聽說過這個自稱英雄的神經病患者。」

「狗窩鎮其他古怪的地方還有不少。例如晚上過了八九點最好不要出門，否則很可能迷失在城市裡，失蹤，再也找不到。」曹麗娜說。

她的男友姜易道：「看不見的神秘森林傳說也是其一。」

「但現在，神秘森林的傳說已經被證實了。」折蓉蓉說：「那麼狗窩鎮的其他傳說，會不會也並非空穴來風？」

眾人又是一陣沉默。

姜易不知道想到了什麼，歇斯底里地笑起來。女友曹麗娜嚇了一跳，問：「你在笑什麼？」

姜易眼睛發光：「如果狗窩鎮和森林的傳說是真的，那森林裡藏著讓人發財的東西，也是真的。雖然也聽幾個人提到過這些事，但終究看不見摸不著。這次咱倆拚了進來，說不定真的能搞些值錢的東西回去還債。」

這群人都負債累累，誰不是想發一筆橫財出去翻盤。

史輝心事重重，總覺得這片棺材亂墳崗，有哪裡不太對勁。他皺著眉頭，在棺材群中走來走去，突然，他發現其中一口棺材附近有些濕潤。史輝蹲下身，用手在地上摸了摸。

是血。新鮮的血。

殷紅的鮮血染在史輝的食指上，讓他不寒而慄。這是，誰的血？他順著血跡一步一步地往前走。走到了那口棺材前。棺材的蓋子沒有合攏。他就著頭燈的燈光朝裡邊望，頓時嚇了一大跳。

一雙腿僵硬在棺材中。腿上的褲子，似乎很熟悉。

「大家快過來，這裡有屍體。」史輝驚叫了一聲。

姜易不以為然道：「鬼叫什麼，棺材裡肯定有屍體啊。」

「那具屍體，應該是陳宏子。」史輝再次大喊。

所有人愣了愣，聚攏過來，將棺蓋移開後，又倒抽了一口涼氣。棺材中的屍體，果然是陳宏子。他，死得很慘。

全身都有被啃咬的痕跡，但怪異的是，血流得很少。彷彿在他死之前，大量的血液，就已經被抽走了。

折蓉蓉將屍體檢查一番，皺眉道：「這些不知道什麼野獸咬的痕跡，並不是陳宏子致死的原因。」

「他是怎麼死的？」雖然大夥有些奇怪折蓉蓉的膽大，而且還會辨認屍體死因。但誰又沒有點秘密。

「他是被某種有韌性的繩子勒到窒息後，失血過多死掉的。」折蓉蓉指著陳宏子的脖子說：「這裡有明顯的勒痕。」

說著又指著屍體右側一個手指粗細的洞：「血從這裡被吸走了。」

笑笑臉色慘白，「難道鬧殭屍了？剛剛苗暢不是說屍體會屍變嗎？如果屍變的屍體真的被送進森林中，會不會從棺材裡跑出來。剛好抓住陳宏子吸他的血？」

「妳殭屍電影看多了。」折蓉蓉沒好氣道：「吸血的東西有成人大拇指粗，且沒有任何動物咬痕。」

「可，妳看。苗暢口中裝著那具女屍的棺材，是空的。」笑笑弱弱道。

「這什麼東西？」姜易突然大叫：「好漂亮。」

說著他掀開陳宏子的屍體，將棺材底部一塊反射著絢麗紅光的物體拿了出來。燈光下，那塊紅色的物體大約有成人指甲的大小。散發出令人窒息的美麗。

「紅寶石？」周圍的女人們都被它迷住了。這確確實實是一塊紅寶石，紅得像血，刺眼奪目。比市面上賣的紅寶石更加的吸引目光，更加的漂亮。

「這確實是一塊紅寶石。我小時候見過，老爸就是從這座森林裡帶出這種紅寶石才發財的。」史輝疑惑道：「怎麼紅寶石會出現在棺材裡？」

「管他的，發財了。真發財了。」姜易和他女友口水都要流出來了：「去別的棺材找找看。說不定還有。」

剩下的八人，各有各的想法，但仍舊一窩蜂地找附近的棺材。結果是，一無所獲。所有的棺材都是一個德行，空蕩蕩的，沒有屍體，也沒有紅寶石。

怪得很。

「怪了。棺材中的屍體都去哪兒了？抬棺材進來的人，不會只是抬一口空棺材吧？」史輝始終很在意。

就在這時，一陣古怪的聲音，從遠處的棺材群傳了過來，越來越近。

「不好！」史輝臉色大變，急匆匆地喊道：「快逃。」

眾人還沒反應過來，史輝已經開始轉頭就逃。

可惜，晚了！

第七章 叢林驚變

再高貴的人生，也有落魄的時候。意外驚喜的背後，通常都隱藏著危險。撐得過危險，就能一夜暴富。撐不過的，都變成了牆上的蚊子血，又或者是森林裡那被當做養分的無名屍體。

隨著史輝的大叫，黯淡在夜色中的聲音，從四面八方傳了過來。聲音的腳步被壓得很低，遠了確實不容易聽到。但是數量極多。

「什麼東西來了？」苗暢疑惑道。但作為朋友，他哪裡不清楚史輝的為人。見史輝轉身就逃，他倒是第一個反應過來跟著跑的。

腳步聲輕巧地跳躍著，帶著低啞致命的危險。離棺材群不算深的秦婷婷運氣不好，她還沒來得及搞清楚狀況，就被什麼尖銳的東西咬住，活生生拖入棺材下方。她只尖叫了幾聲，就再也沒聲響。

群體咀嚼的聲音，在腳步的映襯下，顯得格外驚悚。

「她死了，婷婷死了。」笑笑嚇得夠嗆，忙不失措的一邊壓抑的驚呼，一邊逃。眾人在前邊一陣跑，棺材群中由內向外，都蔓延出那股恐怖的輕盈腳步聲。

有不知名字、不知長相的怪物，在襲擊他們。緊追著他們不放。

「姜易，我跑不快。你幫幫我。」曹麗娜和姜易最貪財，所以找寶石也最積極最深入。這成為了他們的原罪。

大量黑暗中的怪物在靠近他們，已經近在咫尺。姜易甚至能聽到怪物那難聽的喘息聲。

「我拉著妳。快！」他使勁兒拖著女友跑。

但是兩條腿就算再努力，也跑不過怪物。森林裡的怪物，有好幾隻從棺材的空隙中撲到了空中，向他們撲下來。姜易偶然回頭看了一眼，嚇得險些魂飛魄散。

只見陰沉的森林裡，許多個比人略高的黑影，如狼一般從他的頭頂壓下。他一咬牙，放開牽著女友的手，一腳踢在了女友的肚子上。

曹麗娜被踢中了腹部，身形停頓下來。她難以置信地看著男友：「你居然踢我。」

姜易撇撇嘴，沒了拖累，速度快多了，「妳自己要倒貼我的，老子跟妳交往的時候，妳就知道老子是什麼樣的人。恨我幹嘛，恨我也沒用。大難臨頭各自飛，老子只要自己活著就好。女朋友嘛，老子有錢了，什麼樣的找不到。」

曹麗娜憤恨的眼神，在下一秒就被無數黑漆漆的聲音壓住，失去了蹤跡。藉著怪物襲擊女友的空檔，姜易順利的逃脫。

剩餘的七人頭也不敢回，逃個不停。

我一直都靜悄悄地在棺材附近的森林裡偷偷看著這群人的一舉一動。他們講的一切，我都聽到了耳朵裡。自己對這群人大約有了個整體的猜測。

七人很快就從棺材群中跑入了森林裡，和我擦肩而過的時候，甚至因為慌張而完全沒有發現我的存在。

奔跑的大量怪物，如黑暗中流洩的水，不斷朝我藏著的樹下蔓延。眼看就要襲擊到我了。

我沒辦法，自己只有一把偵探社配的槍。不過這支槍由於經過特殊處理，火力不強，子彈也很少。拿來打怪獸有沒有用處都要兩說。

沒辦法，自己只好取出放著飛劍的匣子，都說擁有神秘力量的物品用起來會上癮，讓人依賴。我無法否認，哪怕自己引以為豪的大腦，都因為帶著超自然物品，而腦筋動用得少了。

我暗自計算著那群人離開了飛劍的攻擊範圍後，才不緊不慢地想要將匣子打開。可沒等我進一步動作，僅僅只是取出匣子而已，剛剛還在不停逼近的怪物群居然猛地停住了。

它們對我手中的匣子產生了恐懼。也難怪，前不久才有大量的怪物死在飛劍的絢麗光芒中。

對於這種膽小謹慎的怪物而言，會恐懼很正常。

怪物們的活動在我身前戛然而止，它們遠遠地繞著我走了好幾圈後，又悄無聲息的離開了。

我看向背後仍舊拚命逃個不停，絲毫沒有注意到已經沒有怪物在追的七人，輕輕搖了搖頭。快步緊跟上去。

追了大約十分鐘，這些驚惶失措的人還在使勁兒跑。我實在忍不住了，大喊道：「等一等。沒東西追你們了。」

史輝等人被突如其來的人類喊聲又嚇了一跳。

「奶奶的，怪物還會學人說話。」苗暢大罵一聲，更是加快了速度。

「你才奶奶的。這群人嚇傻了，人和怪物都分不清了。」我只得繼續追趕這群跑得更快的傢伙。

就這樣一追一趕大約半個多小時。終於所有人都累趴了。

史輝等人如死狗般癱在地上，罵罵咧咧的，再也跑不動了。我氣喘吁吁的好不容易才用發抖的腿來到他們附近，就近找了一棵樹靠著，大罵道：「你們這些人是耳朵有問題還是腦子有問題。都說後邊沒東西追了。」

「輝哥，真的是人啊。」笑笑頭靠著史輝的肩膀，有氣無力地指著我：「咱們白跑了那麼久。」

「怪物呢？」苗暢看向四周。自己早已跑到了陌生的森林深處，那群可怕的怪物也沒了蹤影：「媽的。真是要了老命。喂，兄弟，你哪裡冒出來的？」

我指著自己的臉：「我和我的女伴偶然路過307縣道的時候，發現附近有一片森林。好奇之下就進來了。結果女伴失蹤，我也迷了路。」

自己張口就不打草稿的謊言。史輝這群人雖然也懷疑，但是並沒有太在意。在他們心裡，只要是人不是怪物就好。至少，他們這邊人多勢眾，如果我真的有問題，也能輕鬆搞定。

「兄弟，你也遇到了那些怪物？」苗暢問。

我點頭，「遇到了，不過這些怪物或許有地域性。離開棺材群沒多遠就不再追了。」

自己沒說怪物是被我嚇走的，說了大概也沒人相信。我一邊說話，一邊慢吞吞地打量所有人。當自己的目光掠過苗暢的脖子時，頓時神色大變。

我竭力壓抑著自己震驚的神色，裝作不動聲色的移開視線。但是內心深處卻在翻江倒海。苗暢的脖子上，有一塊灰褐色的痕跡。不算大，但是也沒有小到能忽略的程度。其他人應該都注意到了，不過苗暢的朋友們都不是有良心的貨色。

至少沒有一個，跟他提起過。顯然就連苗暢也沒有注意到，否則也不會滿不在乎的任那個痕跡暴露在空氣裡，不遮不蓋。

這塊灰褐色的痕跡，我異常熟悉。同樣的東西，在失蹤的黎諾依脖子上也出現過。這是屍斑。長在活人身上的屍斑。

怪了。為什麼黎諾依和苗暢都出現了活人屍斑？難道兩人，做了某件相同的事？

我們八人休息了一會兒，開始自我介紹。其實自己在棺材群附近偷聽時，就將他們每一個人的名字記住了。

「我叫折蓉蓉。」當折蓉蓉最後一個介紹完自己後。冷不防的，一個陰陽怪氣的聲音，從附近傳了出來。

「大家好，我叫徐目。嘻嘻。初次見面，有點害羞。」

大家被這個聲音嚇得一陣惡寒。我同樣也驚得不輕，怎麼除了自己這八人外，還有一個躲在附近。而我，卻絲毫都沒有察覺到。

那個隱藏在附近，自稱徐目的人，從不遠處一棵樹的陰影中走了出來。似笑非笑，坐到大家身旁。

我的眼神又是一縮。

這個徐目，揹著大大的雙肩包。大約三十多歲。人長得乾癟、五官也不怎麼好看。一雙單眼皮的眼睛甚至有些歪斜。最重要的是，他的脖子上，也有灰色屍斑。不是一個，而是一堆。

該死。這傢伙，是怎麼回事？如此多的屍斑，他，真的還是個活人嗎？

徐目背上揹著一個重重的大背包，一臉謙卑的笑容。他的容貌不討人喜歡，所以就算是臉上帶著笑，也給人一種陰森的感覺。

「兄弟，你是怎麼回事？」史輝朝他打招呼。他的眼神在我和自稱徐目的傢伙身上徘徊了一陣，眼睛裡有止不住的懷疑。畢竟我們兩個一前一後的突然走出來，很難讓人相信不是一夥的。

「我進來找我的妻子。」徐目客氣地往前走了一大段後，保持著適當的距離，坐在了眾人附近。

「你的妻子怎麼了？」苗暢問。

徐目回答道：「她被人綁架，丟到了這座森林裡。我好不容易才探到進入這座森林的方法，於是前天進來。但一進來，便迷了路。」

「喔，真是有點巧。」折蓉蓉撇撇嘴，她看看我：「一個說自己和女伴在縣道上趕路，結果不小心進了這座森林。女伴失蹤了。」

她又看了看徐目：「而這一個，又說自己的老婆被人綁架丟進了森林裡，自己是來找老婆的。最巧合的是，兩個人居然一前一後出現在了我們面前。森林那麼大，一旦迷路，怎麼可能說碰到就碰到。」

我的視線在折蓉蓉的臉上停留了一下，突然道：「萬一這座森林，其實沒有想像的那麼大呢？」

話一出口，所有人都呆住了！

「什麼意思？」折蓉蓉皺皺眉。

我淡淡地說：「就是字面上的意思，我在這座森林裡待了有一段時間了。心裡有些猜測，不過並沒有證實。明天一早，等天亮了，我到高處去瞅瞅。到時候再解釋給你們聽。」

今晚的夜，並不平靜。整個森林都被擾動了，似乎在暗地裡，有什麼我們不清楚的事情正在發生。

但還好，骯髒恐怖的夜晚，已經過去了一大半。我對不知從哪裡冒出來的徐目有些警戒。自己在森林裡待了至少一個禮拜了，就算帶著超自然物品可以救命，仍舊弄得灰頭土臉的。

而史輝等人，自己也簡單地聽了一遍他們的經歷。這群人昨天早晨才剛進入森林，一夜之間，十個人就變成了七個。

而徐目自稱已經進入森林兩三天，穿著卻整整齊齊乾乾淨淨，一股只是進來旅遊的閒暇。而且這個人，提到自己失蹤的妻子時，竟然沒有焦急，語氣很平淡。我不知道他的話裡，到底有幾分真幾分假。

但是直覺告訴我，這傢伙，很危險！

經歷了剛才的怪物騷亂，大家都有些膽破心驚。雖然夜已經很短了，但仍舊安排了輪流值守，剩下的人帳篷也懶得搭建，就地靠著樹睡覺。

森林夜晚的溫度，還算宜人，沒有陝北高原那股刺骨的狂風。自己一直都對這個地方抱有懷疑。一座本地人不知道的森林、一座平常人看不到的森林。怎麼想，都覺得很古怪。

除非這座森林，其實並不在狗窩鎮附近，而在別處。只是森林裡有某種超自然物品，將森林的入口和狗窩鎮外的縣道 307 連接了起來。透過某種特定的儀式或方法，就能開啟這條通道，讓人看見森林。

現在資訊太少，我只能如此猜測。

一夜無話，還算安穩無事。一大早我就醒了過來。太陽正從叢林深處揮灑著暗淡的光芒，我看了看四周睡得亂七八糟的人，在附近找了一棵樹，努力爬了上去。

生長旺盛的鬼柳樹枝椏密佈，當灌木變成高大的植物後，會讓人很不適應。況且灌木，並不算好爬。

我爬了好一會兒，好不容易才在太陽爬出地平線前，爬到了樹頂。

自己掏出手機，默默的計時。森林在無邊無際的空間裡蔓延向遠方，無論是爬到樹頂多少次，我都沒辦法看清森林的邊界。

這果然不科學，畢竟黃土高原的雨量和土壤，根本就沒辦法承載如此大規模的森林。

我一直在用馬表記載時間，等到太陽跳出遠方森林的樹頂的一瞬間，這才將馬表停住。

「喂，夜不語，你在幹什麼？」樹下的一眾人也醒來了。金武抬頭喊了我一聲。

「我在搜集一些資料。」我一邊往下爬一邊回答。

金武疑惑道：「你在搜集什麼？」

「日出的時間。」我爬下樹後，心不在焉地答了他一句，將今天的日出時間記在了記事本上。自己已經連續測量了五天的日出，今天終於能夠計算了。

我在心裡默算了一陣子，猛地，一股毛骨悚然的感覺，從後脊樑骨湧了上來。怪了，太怪了！這日出的時間，怎麼會是這個結果。根本不可能啊！

我看著這幾天記錄下來的資料，極為迷惑不解。身旁的人陸陸續續也醒了過來，三三兩兩的開始弄早飯吃乾糧。大家都不熟，自然也不會特意打招呼。

金武對我有些在意，「喂，夜不語兄弟。你臉色不太好看。」

我沒理他，仍舊在記事本上寫寫畫畫，套公式，計算個不停。無論自己算多少次，結果都和第一次的一模一樣。這就說明，答案是正確的。每看一次這結果，我的眉頭就會皺緊一些。

「兄弟，喂，兄弟。你聽到我說話了沒？」金武張開喉嚨使勁兒地衝著我大喊大叫。他的喊聲將剩餘的人都嚇了一大跳。大夥兒停住吃喝忙碌，視線一時間全集中在我和他身上。

我也被他的獅子吼吵到了，怒瞪了他一眼，「你鬼叫什麼？」

金武訕訕地笑了笑，臉湊到我的記事本前不停瞧著，「你在本子上寫些什麼，哇靠，鬼畫符一樣，全都是數字和公式。你大學是理科啊？剛剛還看你在看日出，挺有閒情逸致的。」

「我說過，我在記錄日出。」我沒好氣地說。

金武撇撇嘴，「我剛剛就問過，你記錄日出幹嘛？」

我沒理他，抬頭衝著所有人說：「大家聽我說。我要所有人都幫我一個忙。你們手機還有沒有電？」

史輝、苗暢、徐目等人一愣，紛紛點頭。

「那手機裡裝有離線地圖的，舉手。」我又問。

所有人都將手舉了起來。這也是廢話，都要進森林冒險了，誰會不在手機裡裝離線地圖呢。

「把手機打開，用衛星定位。」我吩咐道。

折蓉蓉哼哼了兩聲：「手機早就沒有訊號了，這裡也接收不到 GPS。」

「對啊。我的 GPS 定位還在狗窩鎮裡。」笑笑說。

「我的也是。」剩下的人議論紛紛：「GPS 停在最後接收到資訊的地方，根本沒辦法定位嘛。」

我低頭，也打開了自己的離線地圖。只見紅色的圖釘，死死地釘在狗窩鎮的一條街道中。這令我更加確定了自己的猜測。

「大家把所有的手機，都擺在一起。」我心跳有些加速。

雖然有些不解，但他們還是聽了我的吩咐。九個人的手機，圍攏成一圈，暴露在全部人的視線下。

「喂，夜不語，你在搞什麼。我有點不懂啊，解釋解釋。」姜易沒看出個所以然來，不耐煩的抱怨道。

折蓉蓉、金武、史輝和苗暢看了幾眼，似乎發現了什麼，突然渾身一震。

「奇怪了，我們九個人衛星地圖的定位，雖然有些偏差。但大體上都停在狗窩鎮的西街。」史輝說。

苗暢點頭，「沒錯，誤差不到五十公尺。屬於 GPS 定位的正常誤差值。這是怎麼回事？離線地圖一般會將定位點留在最後失去 GPS 訊號的地方才對。我們明明是在縣道 307 附近，走入森林後才搜不到訊號的。定位停留的地方，應該在縣道附近才對，怎麼可能刷新了？」

相對於他們的震驚，我則是艱難地吞下一口唾沫，又吩咐道：「把你們所在位置的經緯度查出來看看。」

大家手忙腳亂的查出經緯度，和周圍的人做對比。

「你們看看我手上的座標範圍，看看你們是不是都在裡邊？」我將記事本立起來，展露給所有人。

每個人都仔細的看著我記事本上的兩個座標範圍，最終確認，自己都在範圍值內。

「夜不語先生，你到底想要說什麼？」笑笑甜而帶著疑惑地笑著問。

我的聲音微微一停頓，嘆了口氣，說道：「如果，其實GPS的訊號一直都沒有斷過，地圖從來就沒有丟失過我們的位置座標呢？」

話音一落，所有人再次驚呆了。

第八章 英雄之謎

芸芸眾生不過都是樹根而已，能長到樹梢的，寥寥無幾。

對於這個疲憊的世界，我承認有許多難以理解的地方。也承認有許多超自然的事物存在。但是關於狗窩鎮的英雄以及這片樹林，我卻覺得不可理喻。

狗窩鎮那穿著紅衣服，舉著馬克思理論小紅本打擊隱形怪物的英雄，看他的神奇之處，本身就已經是長到了樹梢的人類。

而這片森林更是莫名其妙。同樣的樹種綿延滋長沒有盡頭，森林裡看不到生物，卻隱藏著怪物。還有那不知道堆積了多少年，而且仍舊還在堆積的棺材群落，更是讓我觸目驚心。

英雄的謎，離揭開還很遠。但是當自己在計算日出的時候，卻恍然覺得，我似乎觸摸到了一點，關於這片森林的秘密。

「你說我們的所有手機，都能接收到 GPS 訊號？可為什麼 GPS 卻將我們定位在狗窩鎮的西街上？」折蓉蓉似乎有著自己的猜測。

我深吸一口氣，「自從自己在森林裡迷路之後，我每天利用自己製作的簡易度量衡工具，記錄日出時間。再利用準確的日出時間，套用公式，計算出自己所在的經緯度。」

「但是這個公式需要的資料在這片森林裡很難獲取。畢竟森林的邊界線高度不同，極難在地平線上找到一個共同的點，推測準確的日出時間。於是我在同樣的地方待了五天。又在不同的點進行採樣。終於在今天收集到了全部資料。」

我又道：「你們剛剛看到的兩個座標之間的範圍，就是我們所在的經緯度。輸入地圖後，手機也成功定位了我們現在的位置。」

「我們，現在在狗窩鎮的西街？」苗暢舌頭都有些轉不動了：「怎麼可能。我們明明就在森林中。狗窩鎮在哪兒？西街我也去過，還送過外賣呢。」

除了若有所思的折蓉蓉和金武外，其餘人顯然不太相信。

「狗窩鎮裡邊，有個紅內褲外穿的英雄，大家知道嗎？」我問。

「聽說過。」史輝點頭。

「狗窩鎮有些地方，會突然遭到破壞。知道嗎？」我又問：「我甚至在不久前，看到狗窩鎮的廣播塔從樓頂掉下來。那個英雄也出現在了附近。」

笑笑眨巴著眼睛：「新聞裡不是說天然氣爆炸嗎？」

陰陽怪氣的徐目「咯咯」笑了兩聲：「小美女，這什麼年代了妳還信新聞裡吹的牛。認真妳就輸了。」

「難道你知道些什麼？」史輝見笑笑尷尬，往前走了兩步。

「切，狗男女。」徐目撇撇嘴，卻沒有再多說。看他的表情，似乎真的知道些內情。

我不動聲色地又看了他脖子幾眼，每次望去，都覺得驚悚不已。那脖子上的灰褐色屍斑，顏色在變濃。甚至一夜之間，似乎又多了些。

徐目顯然發現了我在看他，卻滿不在乎。甚至還故意將自己的衣領往下扯了扯，得意地要我看得更清楚。

我皺了皺眉，搞不懂他的想法，於是繼續道：「那個英雄我知道得不多。不過在狗窩鎮待了一段時間，對這片森林，我也搜集了些資訊。所以有個籠統的猜測。大家聽說過平行世界嗎？」

眾人一愣，「夜不語，你的意思是我們在平行世界裡？」

「不。這裡不是平行世界。」我搖頭，解釋道：「但和平行世界類似。苗暢先生，昨晚你在講你的詭異經歷時，抱歉，我就躲在附近。也聽到了，正因為聽到了，所以我才對自己的猜測更加的肯定。」

苗暢的臉色有些不好看，但沒吭聲。

我環顧了這片真實得不能再真實、詭異得不能再詭異的森林一眼：「狗窩鎮有接近兩千年的歷史。鎮上有個饒家，是當地的大姓。」

「沒錯，鎮裡接近一半多的人，都姓饒。」李娜插嘴道。

我看了她一眼，繼續說：「我調查過，饒家非常的神秘，歷代都有許多饒家人在政府部門裡擔任要職。所以哪怕是如今，饒家在狗窩鎮都是一手遮天的大戶。」

「而狗窩鎮附近，確實也沒有任何火葬場。我懷疑饒家，一直在舉行某種神秘儀式。甚至不知為了什麼目的，兩千年來，不停地將狗窩鎮死去的人的屍體收集起來。也只有饒家，在這個法定必須執行火葬的時代，才有能力將屍體截留在鎮內。森林和饒家人的關聯，暫時還不清楚。」

「但這座森林，是有怪物存在的。而狗窩鎮裡不時出現的騷動和破壞的事件，說不定正是森林裡偶然逃出去的怪物引起的。」

大家一怔，「狗窩鎮裡有怪物在破壞城市？」

「非常有可能。」長髮女李娜咬了咬嘴唇，又插嘴：「我是本地人，早就清楚鎮上出現的建築物突然倒塌，又或者人神秘失蹤的事情有些詭異。許多長輩都嚇唬我們小輩，說如果亂哭，狗窩鎮裡那些隱藏著看不見的怪物就會跑出來把我們吃掉。」同樣是本地人的史輝、金武、笑笑等深以為然。看來都被同樣的說詞嚇過。

「所以為了對付怪物，英雄，應運而生了。」我淡淡道。

苗暢苦笑：「難道那個穿著紅披風，看起來很屌很二百五的英雄真的存在？」

「我看到過好幾次。那個英雄似乎確實在和空氣裡的什麼東西戰鬥。」史輝指了指腦袋：「當時我還覺得那傢伙腦子是不是有毛病。沒想到，他居然在保護我們。」

「英雄，真的是在保護狗窩鎮嗎？」我乾笑了幾下。

「你不是說英雄是因為怪物應運而生的嗎？」苗暢反問。

「這裡就要談到重點了。」我看了看周圍的人幾眼：「那個所謂的英雄，有問題。他為什麼要和怪物戰鬥，為什麼要保護這座城市？他和狗窩鎮的饒家有什麼關係？他是不是就是饒家的人？他僅僅是有英雄情結，還是受人委託？」

「最重要的是，他的力量，是怎麼來的？我見過英雄在狗窩鎮的戰鬥，他，很強。已經是非人類的存在了。這樣的存在，大家身在被他保護的城市裡，對他卻一無所知，甚至很多人對其存在都只認為是都市傳說。這，很不可思議。也證明狗窩鎮裡的某個大勢力，故意隱瞞他以及怪物的存在。」

眾人沉默了片刻。

「夜不語，你的意思是，將一切隱瞞起來的，就是饒家？」折蓉蓉問：「如果真有怪物，這也很好理解。畢竟讓大眾恐慌的話，狗窩鎮的人不全跑掉才怪。狗窩鎮也會衰落。」

「不，他們還隱藏著一個更大的秘密。」我撇撇嘴，用腳在地上踩了踩：「這裡不是什麼森林、也不在什麼平行世界中。這裡就是狗窩鎮。而我們，或許根本就不在真實的世界裡！」

「這裡的一切，都是假的！」

史輝等人腦袋傻了：「假的？什麼是假的？」

「森林是假的，怪物也是假的。一切的一切，我們所看到的，所聽到的。都來源於一個人的想像。」我冷哼了一聲。

大家一愣：「誰的想像？」

「當然是狗窩鎮的那位英雄的想像。」我說道：「我調查過狗窩鎮的歷史，一直以來，這裡並沒有出現過什麼超自然現象。雖然饒家在這裡一家獨大，但也和其他城鎮沒什麼差別，挺普通的。但是這幾年，自從英雄出現後，詭異的事情便層出不窮起來。」

李娜反對：「不對吧，關於森林的傳說，我小時候就聽說過。」

「聽我說完。」我打斷了她：「妳也說過是妳小時候聽說的。就我進森林前的調查，英雄是在三十年前突然出現，打敗了同樣出現的某種看不見的東西。而狗窩鎮關於看不見的森林的傳言，也正是從三十年前開始流傳開。」

「等等。」金武又打斷了我：「夜不語兄弟，你不是說自己偶然來到縣道上，偶然看到這座森林，好奇才走進來的嗎？怎麼對狗窩鎮和森林的傳說，了解得那麼清楚？」

「這不重要。」我尷尬的一笑。

「這很重要。」姜易瞪著我，似乎只要我不給一個合理的解釋，隨時都會對我動拳腳。

我沒理他，「好吧，我承認自己昨天撒謊了。人生地不熟的，偶然遇到了一大群人，這種情況下，任誰都會說謊話吧。就說你們，誰又沒有點秘密。」

金武哼了一聲：「那你究竟是幹什麼的？」

「這也不重要……好吧好吧。」見所有人都在瞪我，我聳了聳肩膀：「我是靈異事件愛好者。喜歡神神鬼鬼的事情，偶然聽到狗窩鎮的英雄和神秘森林的傳說，所以帶著助手來尋找資料的。」

這個解釋，大家表面上勉強接受了，至於相信了多少我根本不在乎。進森林還能活著的，全是千年的狐狸，到底是誰在騙誰，誰又沒有些底？

「繼續剛才的話題。」金武摸了摸下巴：「你說這座森林，是某個人想像的產物？」

「沒錯。」我舔了舔嘴唇：「我們應該還在狗窩鎮中，這座森林，並不存在。所以手機哪怕接收到了 GPS 訊號，顯示的也是狗窩鎮內部的位置。而日出時間，也能證明這一點。」

笑笑苦惱地摸了摸頭髮，「夜不語先生，我聽不懂。能不能解釋得通俗一些。」

我點頭，「可以。我也不打啞謎了。根據我搜集的線索，可以斷定。三十年前，狗窩鎮其實還是一個很普通的小城市。而英雄，也只是一個普通人罷了。但是因為偶然的原因，英雄得到了某種超自然的力量。這個人偏偏又有英雄情結。自己都變成了英雄了，那麼，怎麼能沒有怪物呢？」

「於是，我們腳下的這座森林，也在英雄的臆想中出現了。大家可能不清楚，這個世界上有許多超自然的東西，每樣東西，都有自己的規則。獲得者許多都是身不由己，不得不遵守規則。」

「有心也好，無心也罷。英雄得到力量的同時，這片臆想出來的森林，就成了大反派。森林裡的怪物會跑出去襲擊城市。而英雄，只能為城市而戰。多好的劇情，多好的展開。」

我又道：「可惜，三十年過去了。英雄，已經逐漸無法控制自己的臆想。甚至無法控制那個超自然物品。所以之後，隱形的怪物變得越來越強大，而森林，也變得能讓符合條件的普通人進入。」

「不對啊。」折蓉蓉皺眉：「你的邏輯有許多不對勁的地方，而且很牽強。為什麼森林要讓符合條件的普通人進來？還有，你明明說饒家數千年來都在往森林裡放屍體。現在卻說森林其實是三十年前被英雄臆想出來的？」

「這並不矛盾。我只是說饒家千年來在搜集屍體，出於某種原因秘密掩埋，並沒有說他們將屍體放進了這座森林裡。」我反駁道：「我覺得，饒家和英雄達成了某種協定。英雄為饒家解決一些問題，而饒家幫助英雄掩蓋狗窩鎮暴走的危險狀況。直到英雄有能力收拾自己犯下的爛攤子。」

「所以你們看，所謂的英雄，說不定才是真正的反派。」

「你的話越聽越沒有道理了。一會兒東一會兒西的，毫無邏輯。」李娜不知為何很是不爽：「這座森林怎麼可能只是臆想的產物，它多真實啊。你根本就是在污衊我們狗窩鎮的英雄！」

我瞇了瞇眼睛，「妳該不會是英雄的腦殘粉吧？」

「老實告訴你，我小時候就被那位英雄救過。如果你再污衊他，小心我殺了你。」長髮女李娜的神色，一丁點都看不出在開玩笑。這個女人看起來沒什麼，可被戳到了痛點，倒是挺可怕的。

我沒理會她。自己剛剛一番話確實漏洞很多，甚至有許多地方說得模模糊糊、真真假假。但浪費了那麼多的口舌，甚至不惜透露一些真相，當然有我的目的。

還好，有人，上鉤了！

白天的森林，靜謐得讓人害怕。昨晚那群怪物的騷動，彷彿只是仲夏夜的一場噩夢，在森林裡了無痕跡。

自己剛才那一席話雖然有許多莫名其妙的地方，但卻讓史輝等人腦子很亂。特別是本地人，聽著英雄的故事長大，而自己記憶裡的英雄，卻被我說成了大反派。自然有些不太能接受。

一時間，一群九個人，都陷入了沉默。

史輝正想說些啥，突然，他的耳朵聽到了一些輕微的怪異聲響。猛地回頭一看，卻什麼也沒有發現。

「怎麼了？」一直在關注他的笑笑急忙問。

史輝搖了搖頭：「沒什麼。我還以為背後有東西在死死地盯著自己，大概是我看錯了。」

他口裡說著沒什麼，但心中毛骨悚然的感覺卻一直沒散去。那種被天敵鎖定的心驚肉跳令他心慌意亂。

我眉頭一皺，舉手，捏住拳頭，壓低了聲音：「全蹲下，不要出聲。」

說完就第一個往地上蹲，儘量將自己的身體隱藏在樹背後。

折蓉蓉等人愣了愣，見我一臉凝重，也連忙找掩體。苗暢問：「夜不語先生，你發現了什麼？」

「你自己看，樹葉在晃動。」我輕聲道。

只見史輝背後十幾公尺外的一棵鬼柳樹的樹梢，正搖動不止。那根樹枝離地大約三公尺，不只樹枝在搖動，就連樹葉都落下了些。

「森林裡，有樹枝動很正常啊。」苗暢不解道。

「看清楚了，現在沒有風。而且動的，只有那根樹枝而已。」我想到了些什麼，冷汗頓時流了下來。

聽完我的話，所有人都有些震驚。只有一根樹枝在動，就證明不是風吹的，而是有東西觸動了那根距離地面三公尺高的樹枝。是什麼東西剛剛在樹枝上，窺視著我們？

「是昨晚的怪物嗎？」折蓉蓉小心翼翼地說。

「不是。」我搖頭：「昨晚的怪物明顯是群居，要出現就出現一堆。而剛剛躲在史輝背後，所有人都沒有發現的東西，顯然只有一隻，是獨居的。」

金武看了我一眼，扶了扶自己的眼鏡，「你的臉色很差。」

我口舌乾燥，嘴唇也在發抖，「因為我想起一些事情來。」

「你想起了什麼？」

「昨晚的怪物，它們群居，兇猛無比。但最奇怪的是，竟然異常的小心謹慎。這很不符合進化論。昨晚怪物並沒有追趕我們多遠就停住了，這代表它們有地域性。」

我越想越心驚膽戰，昨晚怪物主動退去，自己以為它們是害怕我那把會飛的劍。

可或許，自己一直都想錯了。

「如果這座森林裡只有這些怪物，它們如何組成食物鏈，又吃些什麼？畢竟會攻擊我們，它們明顯是食肉的。最重要的一個問題，為什麼窮凶極惡的那些怪物會無比謹慎？而且還有地域性？它們在，忌憚什麼？」

我的問題一出口，剩餘的八人全都渾身一抖。

折蓉蓉的臉色變得比我還差，「除非，那些怪物並不是食物鏈的最頂層，甚至它們都不是真正的捕食者，而是被捕食者。在它們之上，還有更高級的獵食者！」

笑笑、苗暢、史輝等人一陣惡寒。

這片森林似乎遠比所有人想的，都要更加兇險。

剛剛史輝背後，顯然是有東西的。它，躲在哪裡？它如何碰觸到三公尺高的樹枝的？是身體龐大到三公尺以上，還是身材嬌小地蹲在樹枝上？那東西，會是比昨晚的怪物更上一層的獵食者嗎？

正在我思索的時候，一股窺視感毫無預兆地降臨在自己身上。被那股視線盯住的一瞬間，我全身所有的毛孔都在冒汗。自己彷彿在下一秒就會死掉般，整個人都緊張到肌肉緊繃。

盯住我的東西，極為可怕。但是我偏偏找不到它的蹤跡，根本揪不出它躲在森林的哪裡。我不停地流冷汗，手拚命地想要從包裡掏出些東西，什麼東西都好，只要能自保就行。

還好，不到一秒，窺視的目光就從我身上移開了。

又等了一會兒，等到那東西離開後，我才鬆了口氣。一屁股坐在地上，滿腦子都是死裡逃生的沉重。

「走，走了嗎？」笑笑爛泥般癱在地上，她顯然也被那股可怕視線洗禮了。

眾人心寒意亂，好不容易才恢復過來。苗暢轉動脖子，鬆了鬆緊張的肌肉，猛地意識到了什麼，大叫道：「李娜呢？那個頭髮長得都快要到屁股上的女人，哪去了？」

大家頓時緊張起來，找了一陣，也沒有將她找出來。最可怕的是，李娜的行李還在，她剛剛停留的原地上，還留著她今天穿的外衣外套、內衣內褲。

光天化日，靜謐的森林深處。一個大活人，脫光了衣服，被什麼東西剝了糖果皮似的。在眾人的眼皮子底下，莫名其妙的失蹤了！

無痕無跡！

第九章 奪命紅寶石

真正清醒自由的靈魂，在哪裡都能堅守本心，不被潮水捲入。

這句話很多時候，就像一聲又不臭又不響的屁。放了也就放了，什麼痕跡都沒有留下。就如同李娜的失蹤，我們一行八人在附近的森林中尋找了好一陣子，也沒有找出她來。

但奇怪的是，在尋找李娜的同時，史輝等人卻找到了三顆紅寶石。

兩顆指甲大小，還算正常。剩下的一顆，竟然比鴿子蛋略小一些。

紅寶石在史輝以及折蓉蓉的手心上散發著奪目的紅，如血一般，豔麗璀璨。美麗得似乎連靈魂都要被寶石的光豔奪去。

貪財的姜易羨慕不已，咬牙切齒的要史輝和折蓉蓉見者有份，分每個人一些。折蓉蓉冷哼了一聲，沒理他。這傢伙自己昨晚也找到過紅寶石，厚著臉皮就獨吞了，根本沒提過要分給別人。

姜易罵罵咧咧地在史輝和折蓉蓉身邊叫個不停。

笑笑和苗暢等人則羨慕不已。

「這森林裡果然有寶藏。阿輝，你這顆鴿子蛋哪裡找到的？」苗暢問。

史輝微微一猶豫，臉上露出迷惑的表情，「我在那棵樹附近發現的。」

我眼睛一縮，那棵樹，不正是剛剛我們警戒著，懷疑有掠食者出沒的地方嗎？說起來，李娜很有可能就是被那隻可怕的、沒看到蹤影的掠食者給拖走了。但最讓人不解的是，她明明離那棵樹很遠。

掠食者，是怎麼在眾人的眼皮子底下，將她抓走的呢？還有，史輝等人手上的寶石是怎麼回事？看起來雖然像是紅寶石，我剛剛也借了一顆掂量過。表面很硬，很光滑，確實是石頭無疑。但顏色和材質，分明與紅寶石差很遠。

至少全世界一百多種寶石種類裡，根本就沒有這種種類。這，更像是某種複合物結晶體。

「不對啊，那附近我也找過。怎麼沒看到過這顆鴿子蛋？明明那麼顯眼的說。」苗暢鬱悶道。

「我也不清楚為什麼。」史輝顯然說得有些言不由衷：「第一次去的時候，也確實沒有。等我第二次路過那棵樹去找李娜，突然就看到這顆紅寶石躺在樹根附近。」

「說來也奇怪。我的這兩顆紅寶石，也是在樹根附近找到的。」折蓉蓉指了指昨晚我們瘋逃過來的方向：「就在那地方，我找得有些遠。應該再走一段路就能到棺材群附近了。」

對自己找到的鴿子蛋，史輝很滿意，「一個晚上我們就找到了四顆紅寶石，戰績非常不錯。根據我爸留給我的記事本上記載，就算是在森林的核心地帶，這些紅寶石也是很難找到的。」

「這森林有核心地帶？」我奇怪地看了他一眼。

「這也不算什麼秘密了。」苗暢笑嘻嘻地將史輝父輩一大群人進入森林後，帶回了許多紅寶石。之後史家發了一筆橫財，頓時興旺起來的事情，簡要地跟我提了一下。

史輝瞪了苗暢一眼，似乎在責備他多嘴。

苗暢尷尬地笑了兩下，眼神亂動，不知在想什麼。

我知道了前因後果後，不由得來了興趣：「史輝，你父親有沒有提過，森林核心究竟有什麼特徵？」

「你問這個幹嘛？」金武看我一眼。

「我在森林裡待了一個多星期了，看到的除了樹就是怪物。根本找不到逃出去的路。你們進森林來雖然是為了財，但總歸要出去的。不然無論得了多少紅寶石，也不能當飯吃。難道你們發財後，不想回去花嗎？」

我撇撇嘴，「如果這森林真的有核心區域，那就簡單多了。找到了核心位置，理論上應該能在那裡尋找到逃出森林的方法。」

大家聽了我的解釋，深以為然。錦衣夜行的生活，顯然也不是他們能接受得了的。困死森林中，再有錢也沒任何意義。

「我找找。」史輝將那本泛黃的書從包裡掏出來，翻了幾頁念道：「根據我爸的記載，森林的核心地帶應該有一些古舊的石塔，石塔上還刻著許多像眼睛一樣的圖案。」

「石塔！」我心臟猛地一跳。黎諾依失蹤前，也曾跟我講述過同樣的東西。她在進入狗窩鎮前，因為尿急下車到縣道 307 解決問題。結果不小心走入了森林裡，看到了刻著邪惡眼珠的石塔。

難道當時的她，就走到了這片森林的核心地帶。果然，這該死的森林並沒有想像中那麼大。甚至，比我們五感之下感覺到的還要小得多。

「我再爬到樹頂上去看看。」想到這，我便準備去高處瞅瞅。

徐目一把拉住了我，「夜兄弟，那麼高小心摔著。兄弟我這還有更好的東西。」說著就從自己厚重的背包裡掏出一架小型折疊無人機來。

我目瞪口呆，這傢伙古古怪怪的，準備得竟然極為周全。他真的是來找老婆的，還是另有可怕的目的？

古人說人不可貌相。但一個人的相貌和行為性格其實一直都是有關的。徐目長得醜，陰陽怪氣。不只是我，其他人也對這傢伙有所防備。至少我老覺得，他的目的肯定不單純。

「兄弟，你準備得挺妥當的嘛。」苗暢咂巴著嘴，眼神裡閃過深深戒備。

「我老婆都被人抓走，丟進森林裡了。自己準備無人機總好找一點吧？畢竟在高處，有什麼動靜，我一下就能發現了。」徐目得意道。

我沒再囉嗦，將無人機的控制器和手機連接在一起。檢查了飛控和電池後，無人機的四個螺旋槳發出了刺耳的「嗡嗡」噪音，飛到了空中。

消費級無人機，自己還算比較有興趣。老男人的偵探社裡有許多，所以我操縱起來也算流暢。

無人機在我的指揮下，平穩地繞過頭頂的樹枝，藉著一片空隙飛出了高高的樹冠。之後一直往上飛，最終足足飛到了八十幾公尺的高空處。

蒼茫的森林，哪怕是從接近一百公尺的高處往下望。在我手中螢幕顯示的畫面上，仍舊看不到哪裡是盡頭。

樹種單一的森林一望無際，但是在前方不遠處，似乎有一塊空地。我操縱無人機飛近了一些。那果然是一塊空地，這對擁擠的森林來說非常特別。

最奇怪的是，空地上竟然還有棟不大的小木屋。

「這座森林裡，居然有人居住！」所有人都感到驚訝。有屋子，就代表有人，或者曾經有人。

「難道那間小木屋，其實就是紅內褲英雄的據點？」苗暢更是想像力大爆發。

我緩緩搖了搖頭，什麼也沒有說。自己的視線死死盯著螢幕上的小木屋。由於離得太遠，木屋只剩下一個簡單的輪廓，看不真切。但我總覺得，那個木屋可能不簡單。木屋是用木材做的，森林裡自然不可能缺少木材。

但是這座森林和普通的森林可不太一樣。被困在森林裡的一個禮拜裡，我嘗試過用軍工刀砍樹。可是從樹上弄下來的枝椏，既不能生火，也沒有木頭的香味。甚至只隔了一個晚上，樹枝就迅速腐爛了，手一捏就化成了粉末，完全無法用來搭建庇護所。

所以這孤獨地建築在森林空地上的木屋，怎麼看，怎麼透著古怪。

我正思索著的時候，突然，史輝驚叫了一聲，指著我手機的螢幕急切地說：「夜不語先生，你把無人機朝這個方向飛一下。」

我看著螢幕，操縱無人機往我們的身後飛。極高的高度帶來了極高的視野，沒多久無人機就飛到了我們的頭頂。

自己將無人機的高度降低，只看了一眼，我的眼皮就猛跳個不停。剩下的人等看清楚了螢幕上的畫面後，全都發出了恐懼的叫聲。

只見我們身後的森林，樹木不停地搖晃。有大量的某種東西在樹冠層下方跳躍，跳得樹葉都在「唰唰唰」的發抖。

那些跳躍著的生物，呈現三面包圍的姿態，飛快地朝我們靠近。偶然從漏光的樹頂看向地上，能看出有許多半人高的影子，密密麻麻地一閃而過。

這些，難道全是昨晚追殺過我們的怪物？這些怪物難道白天也能活動？它們，為什麼昨晚明明退走了，今天卻又想不開蜂擁地朝我們追過來？

是什麼在吸引它們？

每個人的臉上，都湧上了一層絕望。不敢多想，我率先朝前方跑去：「走走，拚命逃。前邊不遠處就有木屋，我們先躲進去再說。」

根本來不及思索那個木屋是不是有問題，我甩著腿用盡了吃奶的力氣。可兩條腿的哪有四條腿的快。

還沒來得及跑到木屋所在的空地，那些怪物已經追了上來。

在空中看，那些怪物還不太真切，只知道有許多。可是等它們真的近在咫尺的時候，卻恐怖得令人窒息。

無數比人略高的怪物在叢林裡穿梭，跳躍著落入了我們的視線中。我甚至能聽到跑得最近的那隻怪物的刺耳喘息聲。

自己一邊跑一邊回頭看。畢竟每次見到這些怪物都是在夜晚，從未將它們的模樣看清楚過。這一看，我頓時打了個冷顫。

每一隻怪物，都長達兩公尺，像是一匹巨大化的狼。可是怪物的面部特徵卻保留著狗的特點。不，準確的說是每個怪物除了體型外，特徵都有所不同。有的像吉娃娃、有的像薩摩耶，還有的像沙皮狗。

各種各樣頂著人畜無害的寵物狗臉龐的巨大怪物，垂著舌頭，發出沉重的吐息。

最古怪的要數每隻怪物的身體，都佈滿了黑色的斑點。那黑斑濃得化不開，就算是陽光充足的白天，我也看不清那些斑點究竟是什麼東西。

我們一行八人，跑得都快飛了起來。可距離能救命的木屋終究還有很遠。其中一隻狗怪物藉著樹跳躍了兩下，猛地將折蓉蓉撲倒在地。

我沒敢再猶豫，從懷裡掏出槍，對著想要撕咬折蓉蓉的狗怪使勁扣動扳機。清脆的槍響聲迴蕩在樹林間，狗怪慘叫了兩聲後倒了下去。折蓉蓉還算冷靜，一刻不停地從地上爬起來繼續逃。

自己皺了皺眉。中了好幾槍的狗怪居然屁事情也沒有，將身體平衡後又死纏爛打地追著折蓉蓉撲上去。

越來越多的狗怪從遠處逼近。我的無人機沒來得及收回，自己抽空從螢幕上居高臨下。只見無數怪物前仆後繼，猶如收攏的口袋，黑壓壓地不斷圍過來，就要將我們完全堵死了。

默默推算了一下距離，木屋至少還要拚命跑五分鐘才到得了。可五分鐘時間，足夠那數以千計的狗怪將我們八人吃光抹淨幾十次了。自己也不能用那把飛劍攻擊。一來飛劍的無差別的攻擊，大概會把除我之外的所有人全殺光。

二來，用那把擁有超自然力量的飛劍殺光數量眾多的狗怪，付出的代價也不是我能承受的。

看來，只能用最後一招了！

我一咬牙，靠近金武，用最大的力氣吼道：「你還不出手，還在等什麼？」

金武傻了，「夜不語先生，你瘋了啊？胡言亂語的，我又沒學過武功，只是普通的理科男而已。難道你要我去送死啊？」

「我怎麼可能讓你去送死。」我冷哼了一聲：「出手吧，不然人都死光了。你不是代表著正義，沒事打打小怪獸救救善良市民的正義青年嗎？狗窩鎮的英雄先生！」

自己的聲音夠大，所有人都在我的吼叫聲中驚呆了。大家雖在奔逃中，但驚訝的目光全集中在金武身上！

金武臉色一變，眼神不停地在我的臉上遊蕩，似乎在盤算些什麼。

過了足足十幾秒，他才嘆了口氣：「你是什麼時候知道的？」

「這不重要。」我心裡一喜，自己果然沒有猜錯：「快救人吧，不然會有更多人死掉。」

「我在森林裡能做的事情不多。我先停下來擋住這些狗怪，你們趁機躲進前邊的木屋裡。等我脫身了再會合。」金武又猶豫了片刻，他似乎在衡量什麼。

說時遲那時快，好幾隻狗怪撲到了苗暢的身上。爪子一拍，險些將苗暢拍暈。下定了決心的金武也不再猶豫，他一腳踹向狗怪，右手一揮，另一隻狗怪便被拍飛數十公尺遠。

金武一連踢翻了好幾隻狗怪，這才中流砥柱似的站在我們身後，擋住了所有狗怪的必經之路。他回頭瞥我一眼，大聲道：「跑快一點，對付這些狗怪，我也會覺得棘手。」

對他的話我有些狐疑。前些日子自己見過狗窩鎮的英雄上跳下竄，一蹬地就是十幾公尺高。從五六十公尺高的地方摔下來，還能順便單手接住幾十噸重的廣播塔。如此可怕的力量，為什麼又突然告訴我，他現在感覺很棘手？

狗怪也就是力氣大一些，數量多一些罷了。以當初我見識過的力量看，對付起來並不算困難。難道，在這座森林裡，英雄的力量被限制了？

我想不出所以然來，連忙壓榨著全身的潛力，再次加快了速度。

一邊跑，我一邊用飛到樹頂的無人機觀察。密密的樹冠層下，隨著我們的遠去，金武找了一個空地站定。密密麻麻黑壓壓的狗怪們全部被擋在了他的跟前。

金武渾身鼓脹著一夫當關萬夫莫敵的氣勢，一舉手一投足，就有好幾隻狗怪被他打飛。這些狗怪也不知道是什麼生物，明明重重地撞擊在樹上，慘叫不已。可沒多久傷勢就恢復了，再次爬起來，打都打不死。

螢幕中的金武皺了皺眉頭，拳風呼嘯，一雙手毫無章法，但舞動得密不透風。沒有任何狗怪能衝破他的防禦網。但是悍不畏死的怪物們數量眾多，高空望去，他就猶如圍棋盤上被無數黑子三面圍攻的唯一的白子，帶著孤獨一往無前的美感。

金武抽空朝背後看了看，覺得我們逃得夠遠了。之後突然停住了身影，沒再繼續攻擊狗怪。而是從口袋裡掏出一塊拳頭大小的紅色物體來。

我看著螢幕，眼睛不由得一縮。那竟然和史輝等人在森林裡找到的紅寶石一模一樣，只不過大了許多。

紅寶石一被取出來，周圍的狗怪們一愣，竟然變得更加瘋狂。不要命地朝金武猛衝。金武咧咧嘴，將紅寶石高舉到頭頂，飛速向小木屋相反的位置跑去。大部分的狗怪都追了上去，但仍舊有寥寥幾隻怪物在空中嗅了嗅，朝我們一行人的方位衝過來。

就在這時，手機螢幕發出一陣刺耳的噪音。無人機只剩下了百分之二十的電。我腳步不停，操縱著無人機飛到了小木屋前的空地上，順便觀察小木屋四周有沒有危險。

那間詭異的木屋，靜悄悄地坐落在森林中。散發著一股不祥的氣息。本能告訴我，這個地方絕對有些兇險。可背後的威脅並沒有解除。緊追著我們不放的狗怪雖然並不算多，寥寥七八隻罷了。但以人類的力量，幾個人對付一隻恐怕都困難。

躲進小木屋中防禦，是最後的辦法。

金武的阻擋為我們提供了寶貴的緩衝時間。我們七個人癩皮狗似的好不容易才趕在怪狗追殺前，衝入了木屋所在的空地上。

還好，木屋的門並沒有鎖住，虛掩著。疲憊不堪，跑到腳都要斷掉的我順手抄起地上的無人機，飛快地朝著木屋入口撞進去。

史輝、姜易、笑笑、折蓉蓉等人也先後跑進了木屋中。苗暢剛剛被狗怪攻擊，應該是受了傷。他忍住痛一直劇烈運動，根本不敢停下。但仍然落在了最後方。就在他快要進門時，跑得最快的狗怪，張大猙獰的嘴巴一口咬在了他的小腿上。

我們使勁兒地將門合攏。可苗暢的腳卡在了門縫中，另一端又被狗怪死死咬著。眼看更多的狗怪就要追上來，到時候門估計也會被怪物們拱開。到時候所有人都會死。

「苗暢，你選一個吧。是要自己出去，還是我把你的小腿砍掉。」我心裡有了打算，情急之下，正準備開口。徐目竟然率先說話了。

他從自己的背包裡取出一把斧頭，斜著的雙眼一眨不眨地盯著苗暢的臉。

苗暢看著反射著鋒利光芒的斧頭，怕到不敢說話。

「沒關係，害怕是正常的。我幫你作決定。」徐目嘻嘻一笑，一臉享受地揮動斧頭，一斧一斧硬生生砍在了苗暢的小腿上。

苗暢痛得瘋狂大叫，我毫不遲疑地找來一張手帕，將他的嘴巴堵住。除去徐目那享受的表情外，如今，最好的選擇，確實是砍掉苗暢的腿。

人在痛苦的時候，什麼事情都做得出來。我堵住他的嘴，一來免得更多怪物被他的吼聲吸引。二來也是怕他把自己的舌頭咬斷。

徐目砍腿的動作很熟練流暢，看起來並不是第一次幹這種事。這讓我對他更加的警戒。只用了十幾秒，苗暢的小腿就被齊根砍斷。他痛得暈厥過去。大量的血水順著斷口處噴出。

「關門！」我大喊一聲：「你們誰有酒精和攜帶式瓦斯爐？」

「我有。」折蓉蓉舉起手。

「全拿出來。」見苗暢腿上的血越噴越多，我有條不紊地用細繩子捆住他的斷腿上端。又用熊熊燃燒的瓦斯爐，炙烤他的斷口處。

只聽見讓人頭皮發麻的「嗤嗤」聲充斥整間木屋，除了饒有興趣的徐目外，所有人都不忍直視。

隔了一會兒，我用火燒焦了苗暢的傷口，阻止了血液再往外噴。這才鬆了口氣，用酒精幫他消毒後纏上厚厚的綳帶。

焦臭的肉香味，讓我很不舒服。但卻讓徐目更加興奮了，他甚至不停地舔著嘴唇，彷彿恨不得在苗暢烤焦的腿上咬一口。我瞪了這個噁心的死變態後，站起身，開始打量這棟木屋。

當自己看清楚木屋正中央擺著的東西時，猛地湧上了一背的惡寒。

第十章　邪惡木屋

「如果，生活是一場由兩人完成的遊戲。抱歉，我敢打賭，我一個人就能把生活這場遊戲破關。」

黎諾依自從父母死後，就一直這樣認為。她覺得遭到親戚折磨背叛的自己，永遠都不可能找到值得她信任的人。她不可能愛上誰，不可能會和誰結婚，更不可能幸福。

直到那一天，她遇到了那個人。

黎諾依作了一個很長的夢，夢到了許多許多的東西。夢裡，每次當她夢到甜蜜的、讓她心房軟弱的時候。就總有一個聲音從腦海裡傳出來。

「把那東西給我。」那個聲音，無數次想要突破自己的心房。藉著夢中自己最愛的人之口，無數次說出這句話。

黎諾依總是疑惑不解。究竟，那個不男不女，甚至完全無法分辨年齡的聲音，想要自己給他什麼東西！

想不通，女孩就沒有再多想下去。長長的夢裡，她逐漸忽略了那個聲音。她是天生驕傲的女孩，她的驕傲，從來不允許她在除他外的任何人面前，露出膽怯。她怕受傷，她也怕死亡。她有許許多多害怕的事物，唯獨，她不害怕威脅。

睡夢裡，那個聲音惱怒了，「最後問妳一次，把那個東西給我。」

夢裡的黎諾依笑起來，如碧波般清澈的眼神，洋溢著淡淡的堅強。她嘴角的弧度似月牙，微微揚起的嘴角，似乎在趕走陰霾，「你究竟想要什麼？」

腦子突然一痛，黎諾依竟然就知道了那聲音一直以來想要從自己身上得到的東西。她的微笑凋謝了，合攏的笑容只留下抹不掉的倔強：「原來你想要那個？抱歉，不可能！」

當那個聲音傳遞給她那件東西的形容詞時，黎諾依便恍然知曉了一切。她知道了自己為什麼還沒有進狗窩鎮的時候，就會在縣道上陷入那片詭異的森林。

她知道了自己的行李為什麼會在入住狗窩鎮的當晚就被偷走。她也明白了，狗窩鎮中為什麼有一個神秘人一直暗地裡針對她。

她清楚了一切。唯獨不清楚的是，對方到底是誰，是人還是鬼？

見黎諾依始終不配合，而且完全破不了她的心房。那個聲音冷哼了一聲後，黎諾依甜美的夢境失蹤了。她頭昏腦脹的，終於清醒了過來。

女孩的腦袋很痛，她拚命地睜開雙眼。好不容易才將沉重的眼皮子撐開。當視線接觸到空氣時，她卻什麼也沒有看到。四周黑乎乎的，自己彷彿在一個密閉的空間裡。

她感覺不到自己的手腳，但是她能呼吸，能聽到聲音。眼睛能接觸到黑暗。可是她卻不能動，也不能發出聲響。就連重重的呼吸，也無能為力。

女孩彷彿只是一具能思考的行屍走肉，像是一個能看能聽，眼珠子能動的植物人。黎諾依很害怕，她努力適應著環境。

終於，她朦朧地聽到了密閉空間外，似乎傳進了一絲喧囂聲。外界應該有好幾個人，他們吵著鬧著，不知道遇到了什麼事情而手忙腳亂。關門聲、撕心裂肺的尖叫聲不絕於耳。

黎諾依的耳朵敏銳地捕捉到了那亂糟糟聲音裡的一個男性說話聲，她的心臟頓時猛然跳動不停。

是阿夜的聲音！

阿夜就在密閉空間之外，離她不遠。太好了！

救我！阿夜，快救我！

黎諾依想要喊叫，可她連嘴巴都沒辦法張開，更不能控制聲帶。明明兩個人已經近在咫尺了，可卻像是咫尺天涯。

黎諾依拚命地思考著，她想方設法想要在無法動彈的情況下，引起外邊的人的注意。至少，要引起阿夜的注意。

聰明的女孩思索著，突然她皺了皺眉頭，像是想到了聲音。頓時臉色大變，一股毛骨悚然的感覺爬上了脊背。

不對！自己為什麼會在這密閉空間中？那個聲音不是想從自己身上得到那個東西

嗎？為什麼阿夜會在這兒？

不好！這根本就是一個，陷阱啊！

□

我感覺後背在發麻，因為擺在小木屋正中間的那個東西，實在有些詭異。那是一口棺材。如果僅僅只是一口棺材的話，我或許還不會那麼恐懼。

但這口棺材不一樣。

這口棺材，我見過。這要從我前幾天，還沒進入這座森林前說起。當時我看了一個叫做饒妙晴的女孩發表的恐怖經歷後，跟她聯絡。可到了約定的地點後，她見了我就逃了。

自己只得帶著黎諾依到饒妙晴的家中。女孩的文章裡聲稱恐怖的事件，就發生在自己家的書房。去的時候，她家裡一個人也沒有。我非法進了房子後，裡裡外外仔細檢查了她家的書房。

當時並沒有覺得有可疑的地方。

可現在當我一眼看到木屋中擺放的棺材時，頓時想起了一個細節。饒妙晴家的書房裡有一張古色古香的單人床。說是單人床，但是比普通的單人床更寬，也更高。床上的被褥整齊，床單一直垂到了地上，將單人床嚴嚴實實地掩蓋起來。

自己搜查一個地方，肯定不會放過任何角落。我把床單撩了起來，映入眼簾的是一面刻著繁複花紋的黑色硬木床擋。由於是非法入侵，自己也不敢久留。所以也沒敢多看，只覺得這個床估計有些年頭了，而且透著一股讓人不舒服的感覺。

我一邊打量著這口寬大的棺材，一邊忙不失措地將手機掏出來，調出那時對著床擋照的照片。我用手摸著棺材的一側，對比了幾眼後，自己渾身一抖。

果然，這口棺材的其中一面和饒妙晴家書房裡的床，無論是木質還是花紋，甚至就連曾經碰撞過產生的痕跡，都是一模一樣的。

這個發現讓我腦袋更亂。饒妙晴家居然將一口棺材當做床擺放在書房中，根據她文章裡的描述。她父親沒去世前，就一直睡在那口床上。而父親死去後，她大學畢業後開始工作也睡那張床。

真讓人不寒而慄。一家兩代人，竟然都睡在一口黑漆漆不知道有多少年歷史的棺材上。他們到底知不知道？不可能不換床單吧？如果將床單墊褥拿起來，怎麼可能看不清自己的床，原來是一口棺材？

我百思不得其解，總覺得其中可能還隱藏著更大的秘密。

但最讓我搞不明白的是，這口棺材明明擺在饒妙晴家的書房裡，怎麼會突然出現在森林的木屋中？

安置好昏迷的苗暢之後，史輝等人見到木屋中竟然有棺材，不由得也圍了上來。折蓉蓉觀察了棺材幾眼，突然驚呼道：「這口棺材，我見過！」

我詫異地看向她，難道她曾經去過饒妙晴家的書房。沒等我開口問，經常帶著笑的笑笑也臉色大變，失聲道：「這口棺材，我也見過。」

「這口棺材，我們都見過。」史輝皺著眉，「昨天晚上，這口棺材明明還擺放在棺材群最外側的位置啊。怎麼一夜之間被放進了木屋裡。究竟是誰將它抬進來的？」

我恍然大悟，問道：「難道這棺材，就是苗暢昨晚講的親身經歷中，屍變的美女躺著的棺材？」

「沒錯。」史輝點點頭。

「奇怪了。」我眼皮跳了幾下。確實是太怪異了。一口放在饒妙晴家書房的棺材，被狗窩鎮的一群人抬出來，放入了年輕女性的屍體。又抬入了森林中。這口棺材，到底什麼來歷？

我不由得再次打量起棺材來。這口棺材大約寬一百五十公分，長兩百四十公分。木料質地均勻渾然天成，顯然是用整棵百年老樹製造的。黑色的漆水上得很足，哪怕是經歷了許多年，仍舊反射著冷冷的悚光。

自己用手拍了拍棺材，我頓時眼神一斂。怪了，這棺材的木質不太對。我連忙掏出軍工刀，將棺材外表的漆刮掉一些，當自己看清楚木頭原本的紋理時。心一涼，臉色瞬間塌了下來。

「夜不語先生，你在幹嘛？」史輝見我在刮棺材的漆水，覺得有些不妥當。

「這口棺材有問題。」我沉聲道：「一般棺材的木料，富有的人用的是金絲楠木。差一些的，也會用梓木、楠木、松柏之類，那是有錢人用的。至於一般人用個柳木、梧桐木也算不錯了。」

「可這棺材用的，竟然是槐木。」

笑笑不解道：「不能用槐木嗎？」

折蓉蓉知道得多，臉色也陰晴不定起來：「從古至今做棺材沒有人用槐木的。古代人忌諱，槐木裡有鬼字。古人認為用槐木做棺材，靈魂不能投胎轉世。」

「不只如此，槐木質地中等，做做家具可以。但是耐不住濕氣和陰氣，做棺材沒幾年就會腐爛。」我說道：「可眼前這口棺材不只用槐木，而且看歲數也不小了，顯然防腐處理很花了一番功夫。為什麼要花那麼大的勁做這口棺材，為什麼不用別的木料？想來想去，我也只想到了一種可能。」

「什麼可能？」史輝問。

「自古用槐樹做棺材的，都是因為風水不足，陰氣太重。所以槐木棺材，只葬活人，不埋死人。」我吐出了這幾個字。

聽明白我話中的意思後，所有人都大驚失色：「夜不語先生，你是說這口棺材裡葬的是活人？」

「沒錯。古人迷信，風水不足的地方，常常會將活人活活放入棺材，將其用七寸棺材釘釘死，之後或埋入地底或放在需要的山崖甚至地面上，用以補足陰陽。」我看著眼皮子下方的棺材：「所以那日苗暢以為棺材裡的女屍屍變了。或許，是被活葬禮弄暈的活人醒了也有可能。」

「把棺材弄開看看，說不定裡邊的女孩還活著。」折蓉蓉去翻找自己的工具。

我有些悲觀。根據苗暢口頭描述的經歷，那件事已經有不短的一段時間了。人在棺材裡沒有食物和水，還缺氧。怕是撐不了幾天。

有一件事我非常在意。昨晚自己見到的那個棺材群落，密密麻麻數不清的棺材裡，是不是每一個都曾經躺著一個被活祭後，絕望死去的活人？

那麼多口棺材，也說明了狗窩鎮這座森林中活人祭祀的傳統，至少已經延續了數千年。哪怕是科學昌明的現代，這個傳統仍舊在暗地裡延續著。

狗窩鎮裡，到底隱藏著什麼驚天秘密？

我們一群七手八腳地找工具正準備將棺材弄開，就聽到身旁一陣難聽的尖叫。剛剛還待在昏迷的苗暢旁，陰森森地看著他的斷腿的徐目，猛地大叫大嚷，全身趴在了棺材蓋子上。

「老婆，我老婆就是被塞進了這口棺材裡。」他小孩子一般又哭又鬧，瞬間成了神經病。

我跟史輝等人對視一眼，沒理他，手上不停，尋找著棺材蓋子上的釘子。昨天明明是敞開蓋子的棺材，被誰抬入木屋後，好好地合攏了。

自己試著挪了挪，棺材蓋紋絲兒不動。一行幾人尋找了好一會兒，居然都沒有找到釘子釘進去的地方。我乾脆用瑞士軍刀刺入蓋子與棺材的接縫處，沒刺多深就遇到了一層軟綿綿的物體，阻擋我繼續深入。

我微微一猶豫，加大了力氣。海綿似帶有彈性的那層阻隔物終於被我刺透了，頓時，整個棺材都抖了一下。沉重的棺身在木地板上跳起，又重重地跌落下去。

巨大的響聲，嚇了所有人一大跳。

「剛剛怎麼了？」笑笑冷汗都嚇了出來。

史輝也結巴道：「夜不語先生，該不會是裡邊人沒死，你不小心把她刺傷了吧？」

「白痴。就算我刺傷了人，她能帶著上百公斤重的棺材跳半公尺高？」我瞪了他一眼，思索了半晌，又道：「不用找棺材釘了。沒釘子，棺材蓋被一層海綿物牢牢粘住了。用刀割開吧。」

我繞著棺材蓋的邊緣，用軍刀走了一圈。還算順利，棺材再也沒有發出奇怪的響動。

「好了，推開它。」自己將刀收起來，示意大家一起朝一邊用力推。

沉重的棺材蓋在眾人的力氣下，緩緩露出了一個缺口。就在這時，一股濃烈的氣味從棺材中湧了出來，之後便有大量青綠色的不明液體順著棺材流下。

刺鼻的味道暴露在空氣中，淡了，稀釋了，反而帶著一股雨後割草的清香。

我小心翼翼用手沾了些汁液，放在指尖觀察了一下，疑惑道：「這是樹受傷後排出的汁液，還挺新鮮的。怪了，為什麼這口棺材裡會有樹汁？」

棺蓋越開越大，直到被我們推到了另一側。啪的一聲，墜落地面。整個棺材內部的模樣，呈現在眼前。

看向裡邊，我的眼皮猛地抖了抖。棺材內確實躺著一個女人，年輕的女人。大約二十歲上下，容貌清秀，算得上漂亮。最令我意外的是，這個女人，我認識！

她，竟然就是我在狗窩鎮裡一直想要尋找的饒妙晴。這女孩怎麼被人塞進了棺材裡活活當做了祭品？

饒妙晴像是睡了過去，安安靜靜地躺在棺材裡。雙手好好地合攏在上腹處。她穿著白色的衣裙，臉色安詳。吹彈可破的皮膚只是有些慘白而已，並沒有什麼腐敗。

我探出手在她的脖子上摸了摸脈搏，可惜沒有摸到。看來她，已經死了。

徐目也看到了棺材裡的女人，激動發瘋的情緒瞬間就冷了。他「嘖嘖」了兩聲，撇撇嘴：「不是我老婆。」

說完誰也不理，繼續蹲在苗暢跟前，用炯炯有神的眼睛盯著苗暢的傷口不放。

史輝、折蓉蓉和我，將棺材裡裡外外找了一遍，沒發現什麼奇怪的地方。自然也沒發現有危險，這才暫時將棺材的事情放下。轉而去觀察現在的威脅。

小木屋外，有八九隻狗怪在外邊徘徊。關門後它們並沒有闖進來，只是繞著木屋走個不停，窺視著屋裡的我們。顯然這些傢伙暫時並沒有離開的打算。

我眉頭皺起，「你們覺不覺得有些奇怪？」

「奇怪什麼？」折蓉蓉問。

「這些怪狗，每一隻都至少兩公尺高，力大無窮牙尖爪利。但是你們看我們的小木屋，門是用薄木板拼成的，窗戶就是幾根木條。就算我用力踢幾下，都能將門窗破壞。」我凝重地說：「可這些狗怪，偏偏不敢進來。甚至我們一關門，它們就遠遠走開了。它們如此謹慎小心，說是害怕也不為過。究竟是為什麼？」

史輝一抖：「你是說，這個木屋中，有就連狗怪都害怕的東西？」

我點頭。

折蓉蓉上上下下打量了小木屋幾遍。狹小的木屋，總面積不大約十平方公尺。就這麼一個房間。中央那口碩大的棺材佔據了大部分的空間，剩下的位置被受傷的苗暢一躺。另外五人就算想躺平都塞不下。

如此一目了然的地方，哪裡有危險的東西躲藏著？

我同樣也百思不得其解，但狗怪的古怪行為，顯然暗示著這裡的危險程度，比對我們的欲望更占上風。

「總之小心沒大錯。」我看了一眼太陽。陽光已經落入了西方的叢林深處，雖然離傍晚來臨還有兩個多小時。但今天一整天，都過得不太平。早飯午飯自己都來不及吃，一陣狂跑，讓我洩氣後頓時衰弱了許多。

從史輝等人那裡要了些餅乾充饑後，我靠著牆壁閉目養神。

折蓉蓉慢吞吞地走過來：「夜不語先生，那個金武，真的是狗窩鎮的紅內褲英雄？」

狗窩鎮的英雄，他的事蹟許多人都不清楚，甚至很多人都不知道他是小鎮的守護神。但是每個狗窩鎮居民，都知道鎮上有個穿著紅內褲和紅披風的瘋子，他的形象實在是深入人心。

再想想英雄拉風的裝扮背後，金武戴著眼鏡一絲不茍的模樣，反差過大讓人很難接受。

「應該是的。」我睜開了眼。

史輝和笑笑，甚至連姜易都湊了過來。

「你是什麼時候知道的？」姜易用審視的眼光看我：「我們跟他混了那麼久都沒看出來，你昨晚才遇到我們，竟然就知道了他的身分。」

「他的身分，不難猜。只是你們沒有從他的行為細節上，展開聯想罷了。」我撇撇嘴，正準備解釋自己為什麼會猜到金武的身分時，小木屋外，猛地傳來了一陣慘嚎聲！

第十一章 驚魂一夜

其實這世上，並沒有太多重要的事。你認為重要的，你自以為能用一輩子用生命去賭去保護的。在別人的眼中，可能還不如一隻鵝重要。

古語說，女人不如鵝。但這世上，誰的命，不是如此呢。

對黎諾依而言，她人生的前二十年，並沒有什麼東西足夠讓她願意拚盡全力。但現在，有了。她有想要保護的人，哪怕丟掉自己的命，也在所不惜。

她寶貴著的東西，或許別人看不上。但至少是她寶貴著的，只需要這一個理由，就足夠了。

黎諾依被神秘人從森林裡綁架，關在這個暗無天日的密閉空間中。她不能說話、不能動，甚至不能發出沉重的呼吸。

她聽到了外界有人說話的聲音。其中一人，就是阿夜。阿夜在外邊。他說這是什麼木屋，有一口什麼棺材。

聲音朦朦朧朧的，女孩只聽懂了一部分。黎諾依想，難不成自己被關在了棺材裡？阿夜說要打開棺材，太好了。

女孩的心臟怦怦跳個不停。她膽子雖然大，但被綁架後經歷了許多的折磨，又被關進棺材中。這並不算什麼良好的回憶。她想見陽光，想被救，想他了！

但是想來想去，腦子裡另一個聲音又在告訴她。這是個陷阱，絕對是個陷阱。那個神秘人想要幹嘛？為什麼將她關在棺材裡？為什麼又將阿夜引來。

難道棺材蓋，就是啟動陷阱的機關嗎？

神秘人想要得到那個東西。他逼自己交出來。但那東西，怎麼可能拿得出來。神秘人的聲音勢在必得，他絕不會放棄。可他，到底會用什麼手段，逼自己就範？

黎諾依無法揣測。但她想見到阿夜，可她又害怕阿夜打開棺材。如果真的是陷阱，阿夜，就危險了！

密閉空間外，傳來了一陣敲打的聲音。阿夜說了幾句話後，和其他一些人推動棺材蓋。女孩瞪大了眼睛，眼神裡有擔憂也有欣喜。

終於，終於又能重逢了。

外界傳來了棺材蓋落地的聲音。女孩美麗的瞳孔裡，仍舊沒有迎接來明亮，以及他的臉龐。她的四周，依舊黑暗無光，沒有希望。

一個刺耳的聲音傳進了她的腦子裡，那聲音笑得極為刻薄：「嘻嘻嘻。絕望了吧，絕望了吧。妳真以為自己會得救？我就愛妳和自己的心上人近在咫尺卻天涯永隔的痛苦情緒。放心，妳的絕望，才剛剛開始！」

黎諾依的心，頓時沉入了谷底。

□

我聽到小木屋外，傳來了一陣刺耳的慘叫聲。我們一行人立刻安靜下來，趴在窗戶前朝外努力張望。

自己神色一變，「你們看，樹林裡的狗怪，似乎變少了。」

確實如此。森林裡原本追來的九隻狗怪，現在只剩下了六隻。其餘三隻竟然不知去向。

「慘嚎聲，是不是就是那三隻狗怪臨死前發出來的？」史輝問。

「有可能。」我臉色鐵青，如果有三隻狗怪突然就那麼死掉了，那麼現狀會更加糟糕。

笑笑開心道：「太好了。如果狗怪全都這樣死掉的話，我們就能安全逃走了。」

財迷姜易冷哼一聲：「白痴。妳自己看看剩下的狗怪。」

剩下的六隻狗怪沒有再在森林裡遊蕩，它們聚攏在一起，彷彿被天敵窺視著般，圍成一團兀自恐懼的瑟瑟發抖。

「狗怪突然死亡，肯定不會是自殺。殺了它們的東西，就隱藏在森林中。」我解釋道：「那東西，或許比狗怪更加可怕。」

「別出去了，木屋裡安全點。今晚輪流守夜吧。」我看了一眼窗外的天色，日光漸晚，夜幕低垂。黑暗籠罩在了森林中。

折蓉蓉將充電露營燈點亮，木屋裡灑滿暗淡的光。

她看著我：「夜不語先生，你是想等著金武回來嗎？」

「沒錯。他是狗窩鎮的英雄。雖然不清楚他為什麼會躲在你們一群人中混進森林。可他肯定知道出去的方法。」我點頭：「而且，他擁有力量，一定能保護我們不被森林裡的未知怪物吃掉。」

說是這麼說，可周圍的人各想各的，仍舊擔心不已。一時間大家憂心忡忡，也不怎麼說話了。

我們訂了一個輪流執勤表，我第一個守夜。其他人先睡覺。

守完上半夜後，該史輝值夜了。我將他叫醒後，吃了點東西，竟然昏昏欲睡地倒在了地板上。睡著之前，自己腦海裡閃過一絲疑惑，然後大叫不好。為什麼我會睏得這麼快？難道被下了迷藥？還是木屋裡，有催人睡覺的氣味？

還沒來得及動作，甚至來不及提醒史輝。自己已經眼皮一垂，眼前就黑了。

史輝坐在露營燈下，窗戶邊上。他將雙手合成碗狀，撐著自己的下巴，不知道在想些什麼。沒多久，他聽到背後傳來一陣動靜。

一件衣服披在了他背上，暖暖的，還帶著體溫和女孩子特有的馨香。一道柔柔的聲音傳進他耳裡：「輝哥。小心著涼。」

史輝心裡一暖，看到了笑笑那張清純帶著關切的臉。

「怎麼，妳睡不著？」史輝笑著問。

笑笑搖頭，扭捏道：「睡得著。可是，想那個。」

「哪個？」史輝沒聽懂。

笑笑臉漲得通紅：「那個啊！」

「要尿尿？」史輝懂了：「找個塑膠袋將就一下。」

「是大的。」笑笑跺了跺腳：「在屋子裡將就不了，輝哥，我害怕。你陪我出去嘛。」

史輝猶豫了一下，「可是外邊有怪物。」

「木屋外就是空地。狗怪是在樹林裡被殺的，進森林才會有危險。我就在木屋下邊那個。」笑笑蹲下身：「求你了。」

看著這個進入森林後，一直小鳥依人幫他說話依靠著他的女孩。史輝心一軟，終究還是點頭了，「動作快一點。」

「嗯。」笑笑和他兩人輕手輕腳地走了出去。

在木屋外就近找了一個角落，笑笑讓史輝背過身去，蹲下了身體。一邊上大號，一邊跟史輝說話。

「輝哥，你覺得我怎麼樣？」笑笑問。

史輝看著遠處的森林，有些不知道該怎麼回答：「妳，挺好的。挺善良的女孩。為了自己的閨蜜，借了那麼多錢替她還債。像妳這麼有情有義的女孩子，世上很少了。」

「我是說，你和我怎麼樣。」笑笑急道。

「這個。」

「輝哥，我喜歡你。」笑笑紅著臉：「小女子不才，如果輝哥不嫌棄的話。咱們活著出了森林，就結婚吧。」

史輝心裡的柔軟被觸動了，他點了點頭。

笑笑雀躍道：「太好了。輝哥，聽說你父親也進入過這座森林。你知道該怎麼出去嗎？」

「我父親倒是有點頭緒，妳自己瞧瞧。」史輝想想，將身上父親留下的記事本掏出來，背著手遞給笑笑。

笑笑說：「這不好吧，畢竟是你父親留給你的遺物。輝哥，你家裡留著影印本什麼的吧，不然我不小心弄壞了，可會讓你不開心的。」

「一直以來我都以為這本記事本上的東西是都市傳說，影印它幹嘛。」史輝搖頭：「也不是什麼值錢的東西，壞了就壞了。我都記在腦子裡了。」

「沒影印就好。」笑笑說著，將泛黃的記事本拿了過去。

史輝聽她的語氣和剛剛的差別很大，話中甜甜的笑意沒了，竟然有些陰森。最怪的是，她的聲音是從自己側面傳來的，並不像蹲著上大號的樣子。

「妳上完了？」史輝有些擔心她，顧不得男女之嫌，轉過了身。只見笑笑衣服褲子整整齊齊，哪裡像是在上大號的模樣。她漫不經心地用手翻著自己的記事本，發出一陣陣的冷笑。

「妳……」史輝有些不太明白。

「不明白吧。」笑笑嘆了口氣，抬頭，看著他。突然又笑了：「還不動手！」

「動手什麼？」他剛說完，就感覺背部一片冰冷。有什麼尖銳的東西，猛地刺入了自己的心臟。

史輝難以置信，艱難地轉過腦袋。只見到姜易的臉，那張臉上，全是貪婪。

姜易在史輝的背部刺了十多刀，直到他死透了，這才撇撇嘴：「小子，虧你還是富二代。連美人計都沒搞明白，就糊裡糊塗的死了。呸！」

他一灘口水吐在了史輝的屍體上。

笑笑冷著臉踢了踢史輝屍體：「還愣著幹什麼？快分屍啊。」

姜易瞇著眼睛，「臭女人，妳說的是真的？」

「這不是廢話嘛。你想想，昨晚死了四個人，就找到了四塊紅寶石。史輝這小子帶著寶庫什麼都不說，就等我們瞎猜。」笑笑本來漂亮的眼睛，冷漠得像冰，狠厲得像刀，「他的父親之所以能帶那麼多寶石回去，就是因為殺光了所有親朋好友，將人的屍體餵給了森林裡的樹吃。」

「妳怎麼知道那麼多？」姜易問。

「我的父親，就是和他父親進森林的其中一個。從小我就沒了爸，受盡欺辱貧窮。他倒好，享盡了榮華富貴。」笑笑越想越恨，又在史輝的屍體上踢了幾腳：「前晚我故意拿閨蜜試過，她被我絆倒死了。第二天她的屍體不見了，她死亡的地方有一顆紅寶石。」

「這座森林裡的一些秘密，我小時候，我爸爸跟我提過。果不其然，樹吃了人類屍體後，會分泌出寶石來。」笑笑見姜易將史輝分屍得差不多了，逮住他的兩條腿和胳膊，朝樹林邊緣扔過去。

沒有生氣的肉體落在地上，很快，就被地面之下的什麼東西拖入了土裡，消失得無影無蹤。

姜易聽了她的解釋，眼睛發亮：「發財了，發財了。屋子裡還有那麼多人，都餵了樹的話，能有很多紅寶石。真的發財了。對了，那凱子的記事本裡，有逃出森林的辦法嗎？」

「有。」笑笑點頭：「處理完屍體就進去吧。屋裡那些人還有用，暫時讓他們活著。明天去樹下找找寶石。我剛剛下在食物裡的鎮定劑就要失效了。」

說完，兩人進了屋子，又裝作相互很不怎麼看對眼的樣子。各自縮在了自己的角落裡。唯獨木屋中，少了一個史輝。

不知道過了多久，我才清醒過來。窗外還黑著。折蓉蓉醒著，見我睜開眼睛，臉上烏雲密佈。

「妳看上去有些恐懼。」我觀察著她的臉。

「我是輪第三夜的人，但是史輝始終沒有叫我。等我凌晨五點醒過來時，才發現他已經失蹤了。」折蓉蓉指了指木屋裡：「屋裡沒人。不知道是他自己出去幹什麼去了，還是……」

剩下的話她沒說出口。但是我明白了她的意思。兩種可能性，若是第一種的話還好。若是第二種，就意味著森林裡某個東西偷偷潛入了木屋中，將史輝殺掉拖走了。

第二種可能會讓我們的處境非常糟糕。畢竟那就意味著，木屋裡也不再安全。

「第二種可能性不大。」我晃了晃腦袋：「如果是有怪物進入木屋裡，既然它能悄無聲息的帶走史輝。可為什麼不先攻擊睡著的人，反而是攻擊清醒的、有威脅的人？這不是本末倒置了嗎？」

笑笑和姜易也陸續醒來。他們聽到史輝失蹤了，都有些驚訝。笑笑摸了摸額頭，突然像是想起了什麼：「啊，我記起來了。輝哥半夜的時候曾經拍醒我，說想要去木屋外上個大號，叫我注意著情況。我實在太睏了，模模糊糊地等了他一會兒就睡著了。」

笑笑一臉自責的快要哭了：「會不會是他上廁所的時候，被森林裡的怪物攻擊了？都怪我，如果當時我跟著他一起去的話……」

我壓低了眉頭，用若有若無的視線徘徊在她的臉上。沒有吭聲。

「這怎麼可能怪妳。」折蓉蓉拍著笑笑的後背，不斷地安慰：「看來史輝是真的遭遇不測了。唉，兩天時間，十個人就只剩下了我們三個還活著，剩下一個看起來也快死了。」

她一臉擔憂地看著躺在地上昏迷不醒的苗暢，他的情況非常糟糕，高燒不止。

這女子明顯是把混進他們一群人中的金武忽略了。突然，吊兒郎當醒來後想要找一根煙抽的姜易，瞪大了眼睛，彷彿看到了什麼可怕的事物。指著躺著昏迷的苗暢，驚訝得話都說不出來了。只發出「呀呀呀」的怪叫。

我們三人連忙順著他手指的方向望去。剛剛粗略的看了苗暢一眼，由於光線的原因看得並不真切。但是仔細打量時，我頓時倒吸了一口涼氣。

只見苗暢的呼吸很亂很弱，氣若遊絲，彷彿隨時都會斷掉。不過這並不是重點，重點是他被白色繃帶纏繞的斷腿處。繃帶早就被血色染得殷紅，失去了本來的顏色。可殷紅處，卻有一絲絲鮮豔的綠色，開花般，長在了繃帶上。

不！那不是綠色的花。更像是什麼東西從地板上鑽出來，鑽開了繃帶，鑽入了苗暢的斷口中。

「那是，植物的根部？」折蓉蓉瞪大了眼，難以置信：「那明顯是植物的根。怎麼根會是鮮綠色的？」

網狀的根部開枝散葉，牢牢將苗暢的斷腿拖住。我不敢遲疑，抽出刀趕了過去：「有刀的拿刀，把根砍斷。不然苗暢死定了。」

剩下的三人嚇得不輕，紛紛拿著刀跟著我，對著苗暢的腿部周圍一陣亂砍。綠色的根被砍斷了許多，小屋外，不知何處猛地傳來了一陣陣淒厲的慘叫聲。像是受傷的動物，又像是颶風吹落樹枝樹葉的響聲。

砍斷的根很快就腐爛枯萎了，綠色變得灰敗，散發出令人不舒服的惡臭味。剩下的根從苗暢的斷腿裡抽出來，逃命似的鑽入地板不見了。

「好臭，好像是一百噸銀杏果腐爛的氣味。」笑笑捏著鼻子，她被臭得快要窒息了。另外幾人也不好過。

我努力壓抑著噁心感，用刀將木屋的地板挑起來看了看。幾個小時前還好好的實木地板，已經變得千瘡百孔，如同數千根針扎過，已經酥爛了。顯然是那怪異的綠色根部從地下穿透木板，進入了苗暢腿裡。

折蓉蓉將苗暢的繃帶解開，嚇得立刻捂住了嘴。

實在是太慘了。苗暢被徐目砍掉的小腿本來還剩下一小截。但在我們沒注意下，竟然被植物根部長了進去。綠根進入肉和骨頭裡，不知道滋長了多長，深入到苗暢身體中的哪個位置。

但根明顯吸收了他的血肉，他的斷口處剩下了深邃的黑洞。裡邊漆黑一片，肉和體液都被植物的根消化了。

這傢伙，也活不了多久了。

笑笑和姜易嚇得渾身都在發抖。

「如果下一次不是苗暢，而是我們的話，誰躲得過這些樹根的攻擊。」笑笑不敢蹲在地上，她甚至都不想讓身體的任何一部分和木屋的地面接觸，「這樣無聲無息的襲擊，實在是太可怕，太防不勝防了。」

折蓉蓉也是一陣惡寒。

我搖了搖頭，「別擔心。樹根之所以攻擊苗暢，是因為他流血了。植物又沒有視覺。或許只能單一的查探某一種特殊的味道。例如血。只要我們沒有受傷，應該暫時沒事情。還有，今晚最好不要睡著。熬到白天，再做打算。」

我的安慰，並沒有發揮太大的作用。其實自己對自己話中的猜測有幾分可靠性，也是存疑的。木屋裡彌漫著更加濃重的絕望氣息。大家保持著各自的特殊姿勢，儘量將身體的大部分部位，遠離地面。

一夥人艱難痛苦的，等待著陽光的再次降臨。

就在我們默不作聲時，一直被我們遺忘的徐目突然醒了過來。他伸了個懶腰，看著快要死掉的苗暢以及他那可怕的斷腿，眨巴了一下眼睛。

「這味道，好熟悉。」他抬起頭，在空氣裡聞了聞氣味。竟然莫名其妙的激動起來：「老婆，是我老婆的味道。」

在我們驚訝的目光中，這神經病從地上跳起，大喊大叫著打開門衝出了木屋。朝著森林邊緣的一棵樹跑過去。

很快，他的身影就消失在我們的視線裡。

木屋中還活著的人面面相覷，完全沒弄懂狀況。正在我們驚疑不定時，木屋外，毫無預兆的傳來了，敲門的聲音！

第十二章 人肉森林

封閉空間外，有時候會安靜一些，有時候會變得吵吵鬧鬧，像是發生了什麼可怕的事。還好，阿夜暫時沒遇到危險。

黎諾依在這黑漆漆的空間裡，努力睜大眼睛，努力用耳朵傾聽外界的一切動靜。她保持著清醒，努力不睡著。只用耳朵去感知世界，很累很不習慣，聽久了甚至讓她有一種想要嘔吐的難受。

但是這個驕傲堅強的女孩，仍舊堅持著。

身體依然無法動彈，她猜測自己應該是被下了藥。脖子以下的觸感全部消失了。突然，她感覺自己的腦袋似乎能稍微挪動一下。女孩心一喜，難道是藥效過了？

她想要抬起腦袋，用力地撞擊，提示外邊的那個他，自己就在他近在咫尺的地方。可是黎諾依的頭剛一動，臉就接觸到了某種硬邦邦的物體。

她用臉龐感受著那個又粗又圓又硬的物體，又突然發現，同樣的東西，充斥滿自己所在的空間中。只是自己眼睛不能視物，看不到罷了。

那些東西，似乎不止是佈滿她躺的地方，甚至還接觸著她的身體。

不！可能遠遠不止只是接觸那麼簡單。黎諾依的大腦一轟，嚇得險些昏厥過去！

木屋外敲門聲沒有響多久，門就從外邊被打開了。一個身影迅速地衝進來。我們四人嚇了一大跳，順手拿起放在身旁的防身的刀具想要攻擊它。

「別，等等。是我！」身影暴露在露營燈下，是金武。

眾人鬆了一口氣。

「我還以為你遇到了什麼麻煩。」我淡然道。

金武渾身狼狽，撓了撓頭：「確實遇到了些事情，沒想到進了森林後，身手就不太靈活了。」

他環顧了木屋裡的慘狀一眼：「看來你們的情況也不好。」

說完，視線就落在了棺材上。金武往前走了幾步，看向棺材裡躺著的饒妙晴的屍體，嘆了口氣：「可惜這個美女了。又是一個饒家的犧牲品。」

我雙手抱在胸前，「金武先生。不，應該叫你英雄先生才對。狗窩鎮的秘密，以及這片森林究竟是怎麼回事？你應該知道內情，請不要隱瞞了，能告訴我們嗎？」

金武沒回答，反而皺著眉頭上上下下打量了我一番，「你是饒家的奸細？」

「不是。」我搖頭。

「嗯，我看你也不太像。奇怪了，你怎麼會猜出我的身分。我們之前根本就沒有見過。」他疑惑道。

我從三和鎮上猛然出現的一隻看不見的龐然大蟲怪物說起，精簡也避重就輕地敘述將自己是怎麼為了尋找他來到狗窩鎮，又在狗窩鎮裡偶然見過他一面。

說完，我摸著額頭，長嘆，「我覺得狗窩鎮的人都是傻的。就算你帶著面具、內褲外穿、披著紅披風。而且原本的性格和化身英雄的性格也非常有反差。可你的體貌特徵還是挺明顯的，怎麼可能沒人能認出你來？」

「所以你昨晚一眼就將我認出來了？」金武還是有些難以置信，「還是昨晚說的那一番討打的話，說我其實才是大反派，說狗窩鎮的怪物和這片森林，都是我臆想的存在。全是亂說來套我的？」

「沒錯。我這個人天生就能過目不忘。昨天跟著你們跑了一段，你的許多行為舉止都讓我懷疑。每個人都跑得氣喘吁吁，唯獨你，明明還遊刃有餘，但偏偏要裝出累的感覺。還有，你竟然帶著一副不好看的平光眼鏡。不近視也不帥，幹嘛要帶平光眼鏡？所以我就注意到你了，和記憶中英雄形象對比了一番後，便發現你極有可能，就是他。」

我撇撇嘴，「不過，你為什麼要混進這座森林？」

「因為。」金武眼神閃爍了兩下，流露出痛苦的情緒，「我累了。」

「累了，當英雄當累了？」我抓住了重點。

「這是其中一個原因。你以為在小城市很好玩嗎？」金武四十五度角揚起頭，將平光眼鏡取下來。他的臉，果然普通得丟進人群裡也抓不出來。

「小城市太枯燥無聊了。我除了每天打打小怪獸，就只有混吃等死。外界大城市所有的流行元素，傳遞進封閉的狗窩鎮之後，也差不多過氣了。我也有過明星夢，或者，當個普通的工程師也不錯。」金武深深吸了一口氣。

「前段時間，你決定放棄英雄這個沒前途的職業，去了深圳的三和？」我心裡一動。

金武點頭，「沒錯。我下定決心不管別人的死活，但離開了狗窩鎮後，才發現無論走到哪裡，自己身上的詛咒，都消失不了。狗窩鎮的那怪物，也追著我去了三和。」

「甚至，離狗窩鎮越遠。我的力量，我的生命，都在不停地消耗。我算了算，如果真的遠離故土的話，自己根本活不過三十歲。而且那個前提是，不斷虛弱的我，能夠一直打贏追殺我的怪物們。」

「那些怪物，究竟是什麼？」我問。

「你昨晚的猜測，有一些地方並沒有錯。那些怪物，全是這座森林裡偷跑出去的。奇形怪狀的怪物，寄生在森林裡的一些樹木上。原本只是不起眼的小蟲子罷了，但之中有的吸收了被饒家丟進來的活祭品以及人類屍體上的怨氣和戾氣，再加上饒家詛咒的緣故。就會突破森林的封印，跑進狗窩鎮作亂。」金武解釋道。

我眼神一凝，自己的一個猜測，果然被證實了，「所以說，森林和狗窩鎮其實無論是時間還是在空間上，都是重疊在一起的？」

進入森林的空間點，位於縣道 307 一側。離狗窩鎮足足有二十幾公里遠。這個共識無論是我，還是狗窩鎮的居民都認為如此。其實這根本就是錯的。森林覆蓋了狗窩鎮全鎮，甚至要比狗窩鎮更大。

如果用科學一些的話解釋，怪物，森林，狗窩鎮，都處於量子力學的疊加狀態。狗窩鎮是真實存在的，森林也是真實存在的。但由於森林疊加在狗窩鎮的量子上，所以就變成了薛丁格的貓一般的形式。

你沒注意到森林，森林就不存在。而縣道 307 的所謂森林入口，是量子力最薄弱的位置，那裡形成了一個通道，讓普通人達成某種條件後，可以看見甚至進入森林中。

但是量子力學，有一個最大的問題，就是注意力。

「這座森林，你也是第一次進來嗎？」我問。

金武嘆氣，「我一直都知道它的存在，卻完全沒辦法進來。」

我皺了皺眉頭。怪了。從前自己就猜測過，森林可能是量子力學的產物。而我一直懷疑是金武這個英雄在注意森林，以及森林裡的怪物。這樣，這座森林才會一直存在著。

現在看來，我懷疑錯了對象。一直在關注怪物，讓它從疊加狀態崩塌，變為唯一狀態的，另有其人。也就意味著，森林的主人另有其人。那個人絕不普通，要讓森林維持下去，他的力量，至少要和金武一樣強大。

「金武，你混在苗暢那群人裡進入森林，究竟是想要幹嘛？」我沉聲問。

金武一愣，「現在也沒什麼好隱瞞的了。自己離開過一次後才發現，我根本逃不掉。」

他臉色一沉，斬釘截鐵地說：「我是進來結束一切的。我要將饒家選出來的人殺死，結束一切。」

「你不是饒家人？」我問了一個旁人聽起來很笨的問題。

金武看著我面無表情的臉：「我姓金，當然不是饒家的人。算了，既然什麼都說給你聽了，你也別套我話了。我把前因後果都告訴你吧。總之，等會兒大戰一起，你們這些普通人能活著逃出森林的可能性微乎其微。」

一旁側耳傾聽的笑笑、姜易，折蓉蓉三人頓時臉色大變。

我仍舊不動聲色，「說吧。早就想知道了。」

金武想了想，似乎在組織整理，「夜不語先生，你認為一個原本瘦弱普通甚至有些懦弱的小孩，連夜往他體內灌輸馬列主義、毛思鄧理。他會變什麼樣？很抱歉，我就是被父親在臨死前這樣幹的，結果，我變成了戰無不勝、力大無窮的守護英雄。」

「狗窩鎮的故事超出你們所有人的想像，這要從兩千多年前說起！」

兩千多年前，狗窩鎮的祖先們因為躲避戰亂，躲進了黃土高原深處，這片荒涼貧瘠的土地。由於土地太過荒蕪，土裡刨出來的糧食，根本就無法養活滿鎮的居民。饑荒，自然而然的出現在了人類的聚居地裡。

饒家的祖先，一位有著殘疾的女性，餓得實在受不了了。她跑到鎮附近尋找觀音土充饑，但是周圍的觀音土都被饑餓的鎮民挖掘一空。

女性先祖不死心，藉著最後一絲力氣跑到了更遠的地方。結果，觀音土沒有找到，卻找到了一座龐大但極為詭異的墓穴。墓裡沒有陪葬品，只有一口碩大的青銅棺材。棺材不知道經歷了多少年歲月，可上邊的青銅仍舊光亮如新。

先祖一喜，光是這口棺材上的青銅，賣了都足夠她吃好久的飽飯了。

那口碩大的青銅棺材，足足能裝十多個人。古怪的是，棺材連著蓋子，竟然用九九八十一根兒童手臂粗細的銅鏈子，牢牢鎖死。彷彿是古人埋葬時，害怕棺材裡的東西跑出來。

先祖叫來饒家和她的婆家金家，將棺材打開。讓人跌破眼鏡的是，偌大的棺材內部，竟然只有一根人類的肋骨。

聽到這兒，我的心臟已經狂跳起來。我嚓的，這根本就是陳老爺子的又一塊墓地。難怪狗窩鎮會出現那麼多離奇古怪的事情。竟然是陳老爺子的肋骨被饒家的先祖發現還挖了出來。

後邊的事情，自己也大概猜到了。

陳老爺子的屍骨，每一根都有著可怕的超自然力量。饒家先祖發現了這股力量，渴望富饒土地的她用自己的想像力，憑空開闢出了一片量子疊加狀態的富饒森林。可這片森林中的樹木，並不是真的樹，不能食用。土地也不能耕種。

饒家先祖試著將滿地快要餓死的狗扔進去，那些狗不知道在森林裡吃了什麼，居然膘肥體壯、比人還高。而且繁殖極快。就是模樣有些恐怖。

作為森林的主人，饒家先祖能夠將森林裡的狗弄死，將屍體拖出森林弄來吃掉。終於解決了狗窩鎮的饑荒問題。

但是那位先祖老去後，察覺到了一些事。森林的力量在變大，大到她也有些難以掌控了。而且，自己的娘家和婆家對那根神奇的人類肋骨的爭奪，也越演越烈。於是她在臨死前，將肋骨砍成了兩半。

一半歸饒家，一半歸金家。

「先祖害怕的事情，成真了。」金武緩慢地說：「她死後，森林開始逐漸不受控制。一些奇怪的怪物，會從森林的空間裡，突然出現在狗窩鎮的各個位置，大肆破壞。而各得到一半肋骨的金家與饒家，也發現了各自的不同。」

「饒家能夠藉著自己的那一半肋骨，繼續控制森林。成為森林的擁有者，並且每隔一段時間就用活人祭祀穩定森林。而金家，肋骨令其無比強大，擁有難以置信的肉體強度，和驅趕殺掉怪物的神奇力量。」

「在狗窩鎮一次次受到怪物襲擊後，饒家和金家聯合起來，分工合作。一個控制森林繼續產出肉類，一個消除狗窩鎮的隱患。至今兩千年過去了，金家和饒家完全不來往了，可分工依然沒有消失。」

金武嘆了口氣，「我累了。現在這個社會不缺衣少食，狗窩鎮也不再需要這片森林了。該是結束的時候了。相信饒家的那一位，也是這麼想的。」

「所以你想混進森林裡，殺了饒家的傳承人？」我問。

「殺人怎麼可能。」金武連忙擺手，「我想將他手裡的那半根肋骨搶走，然後連著我拿的半根一起毀掉。」

「那你那身紅內褲紅披風的怪模樣，跟手裡會發光的馬克思語錄的書是怎麼回事？」我問。

金武撓頭，「當年文革破四舊的時候，整個狗窩鎮的人都瘋了。那肋骨的力量再大，我們金家也不可能殺光所有人吧。所以就將那半根肋骨藏在一本馬克思語錄中，結果不知為何肋骨就生根在書裡。現在要借用它的力量，還要翻開書念書裡的幾句話，真是麻煩死了。」

我一頭黑線。

正要繼續問點其他的什麼時，突然，金武長身而起，臉色一凝道：「來了。」

「什麼來了？」我看向窗外，什麼動靜也沒有。

「今天我打跑狗怪後想找饒家的那人，但沒結果。」金武沉聲道：「看來，他是有心要除掉我們所有人。你聽森林的聲音，樹在躁動。他，來了！」

他的聲音剛落，就聽到周圍的樹發出巨大的摩擦聲。一個陰陽怪氣的聲音傳遞過來：「嘻嘻，我找到我老婆了。真好，我現在有好多老婆了。」

說時遲那時快，木屋發出難聽的「吱嘎」後，牆壁和天花板轟然崩塌。無數綠色的樹根，從地面上竄出，朝所有人攻擊過來。

我反應也不慢，從懷裡抓出一把豆子，撒在地上。只聽「啪啪啪」一陣作響，詭異的樹根不斷刺著豆子組成的結界，暫時沒辦法傷害到自己。

「靠近我一些。」我衝笑笑、折蓉蓉等三人喊道。他們在豆子結界的邊緣，異常危險。

金武詫異地看了我一眼，「我就知道你不是普通人。」

折蓉蓉驚訝道：「這些都是什麼，怎麼普通的黃豆能形成某種力場？」

我沒理會她，眼睛一眨不眨地看向窗外。剛剛跑出去的徐目竟然折返回來了，他露出歇斯底里的笑容。人就坐在一棵高大的樹上，像撫摸情人一般摸著樹幹。

金武皺了皺眉，「沒想到這個徐目，竟然就是這一代饒家的森林守護人。」

「他不是姓徐嗎？」我愣了愣。

「這個人我認識，他的妻子就是饒家的。我早就有猜測，徐目的妻子極有可能掌握了半根肋骨的力量。但是徐目也不簡單，說不定他用某種手段害了妻子的命，把肋骨據為己有。」金武撇撇嘴：「夜兄自己保重，我去搞定他。然後咱們離開狗窩鎮，好好 High 一頓。」

說完金武取出了那本馬克思語錄，手一翻，將書翻開了幾頁。一道金光亮起，這傢伙已經在金光中華麗地變身了。

拉風的外穿紅內褲，拉風的紅披風，還有那嘴角咧開的欠扁微笑。一變成英雄形態，金武就連性格也變了。中二無比，呼嘯著一腳朝徐目踢去。

徐目嘎嘎地笑著：「老婆，保護我。咱們把那小子的好東西也搶走。我們要永遠在一起。」

金光中，徐目身下的大樹護著他，枝幹像是無數的手，朝金武攻去。金武在空中借力，一陣眼花撩亂毫無章法的亂打，打得那棵樹毫無還手之力。

眼看大樹的枝椏被打斷了許多，徐目心痛的撕心裂肺道：「該死的混蛋，欺負我老婆。我殺了你！」

話音未落，就被金武逮住一個空隙，一腳踢在了他的胸口。徐目慘叫一聲飛了出去，重重地摔在地上，口吐幾口血沫眼看是活不成了。

保護他的那棵樹不能說話沒有感情，但是，顯然極為關心徐目。見徐目受傷，彷彿憤怒不已。數不清的樹枝樹葉亂晃，想要將金武殺掉。

金武三五下將樹打成兩截，連樹帶根拔地而起。大樹失去了依仗，轟然倒塌，墜落在剛嚥下最後一口氣的徐目身旁。

大樹擬人地將剩下的枝椏覆蓋著徐目，最終也如死掉般，再也沒有動彈。

我眨巴了一下眼睛，有些摸不著頭腦。這樣就完了？

金武也奇怪地撓了撓頭，「這麼弱，不對啊。擁有半根肋骨的他，至少也應該能調動整個森林的力量和我對抗。怎麼他才動用了一棵樹？難道是得到肋骨的時間太短，融合度不夠？」

我的臉色陰晴不定了好幾次，猛然間意識到了什麼，突然問：「金武，難道你其實根本就不知道這一代的饒家持有者是誰，對吧？」

「當然啊。饒家神神秘秘的。」金武撇撇嘴：「不過無所謂了，先在他身上找找看。」

說著他就朝徐目的屍體走去。

我越想越不對勁兒。饒家，姓饒。這個屋子裡，還有一個人姓饒，雖然那個並不是活人。我猛地轉身，朝棺材撲過去。向金武大喊一聲：「小心！」

還沒等反應過來，本來已經沒有心跳脈搏，躺在棺材裡死的不能再死的饒妙晴的屍身，竟然閃電般竄了出去。

那間，整座森林都彷彿活了。金武身旁的每一棵樹，都抖動著，伸出枝葉纏繞他。無數的根從地面射出來，瞬間突破了我的豆子力場。身旁的所有人，笑笑、折蓉蓉，和姜易，都被樹根刺穿。

大量的樹根吸食著他們的血液和骨肉，很快就把他們吸成了人乾，灰敗地倒在地上。

我反應不慢，在樹根攻擊前奮力撒出全部的黃豆。攻擊過來的樹根實在太多，立場只堅持了幾秒鐘就全部崩潰了。自己毫不猶豫地掏出飛劍的劍匣，打開，趴下！動作很流暢。

精光一閃，鋒利的飛劍環繞著我的四周亂竄，將所有的樹根全部斬斷。流洩的光芒纏繞著我，鋒利無比。一時間樹根害怕得全縮了回去。

饒妙晴已經跳到了金武身後，趁著金武被殺不完的樹枝樹葉纏住，緊緊用雙手抱住了他。美妙窈窕的美人，將高聳的胸脯，誘人的身軀緊緊的貼在金武身上。四肢如八爪魚似的，掛著他。

看似綺麗的風景，卻讓我大感不妙。

美人的嘴角掛著刺骨的冷笑，金武彷彿被控制了一般，力量變小了許多。

「沒想到一切的幕後兇手，竟然是妳。」我嘆了口氣，這個女人的心機實在是太深了。層層佈局之下，就連我居然也沒有猜到。

「金武兄，我來幫你。」見金武越來越吃力，我向爬走去，想要將饒妙晴小心地籠罩進飛劍的攻擊範圍。

饒妙晴回頭看我，笑了，笑得極為冰冷：「你家的女人還等著你救她呢。你再亂用這些超自然的東西，她，就沒救了。」

說話間，木屋棺材的下半部分被樹根炸開。一張熟悉蒼白的臉，露了出來。

「諾依！」我驚叫一聲，連忙將飛劍收回，什麼也不顧地跑到了她身前。

女孩的眼神依然堅強，但是她的狀況極為糟糕。她曼妙的身體被無數細細的樹根刺入，她脖子上原本不大的屍斑，已經蔓延到了全身。全身的灰敗，讓她消瘦了許多。

「阿夜。」黎諾依張了張嘴，突然發現自己至少能說話了，「那個女人，想要那個東西！」

「哪個東西？」我下意識地問了一句，之後抽出刀將連在她身上的樹根全部砍斷。

「一個叫做逆盒的青銅盒子。是夢月妹子找到的。」黎諾依猶豫了一下，終究還是說了出來。

我頓時心下大亂：「逆盒？我怎麼從來沒有聽說過李夢月找到過這種東西？」

「因為她一直在瞞著你。超自然物品濫用的話，就會對使用者產生反作用力。得到一些就會失去一些。這是物理守恆定律。」黎諾依的眼睛明亮，神情柔和。

「阿夜，夢月妹子當初離開時，要我滴一些血進逆盒中。她說自己的離開，有可能會讓你濫用那些物品。她說，如果兩個人分擔反作用力的話，超自然物品在對你造成傷害時，就會被我們均分掉。否則，你一個人承擔，不小心會死的。」

「笨蛋！妳真是笨蛋。」我明白了一切。守護女李夢月只會守護我，根本不在乎別人的死活。黎諾依冰雪聰明當然知道自己被人賣了，可她仍舊被賣得甘之若飴心甘情願。

可是，李夢月和黎諾依根本猜不到。有人螳螂捕蟬，黃雀在後了。

心亂的我沒有阻止饒妙晴，饒妙晴笑著，終於將一隻手搭在了金武右手高舉的馬克思語錄上。

「金武，我們狗窩鎮的大英雄。想不到吧，咱們其實想法還是一樣的。如果不是因為注定一個人要死的話，說不定咱們能戀愛結婚，生一堆小猴子呢。」饒妙晴撇撇嘴：「不過你太笨了。你怎麼沒想過，你離開狗窩鎮，為什麼活不過三十歲？饒家和金家的聖骨持有者為什麼二十歲之前，就要結婚生子？」

「因為就算不離開狗窩鎮，我們也活不過三十歲？」

「都是因為聖骨的反噬啊。聖骨不完整，反噬就越強大。」饒妙晴眼睛如絲般滑過金武變色，甚至說不出話來的虛弱身體上：「我已經將自己身上全部的反噬力，送給了棺材裡的傻女人。我打破了活不過三十的詛咒，只要聖骨完整了，我就能得到莫大的力量。你已經沒用了，去死吧！」

饒妙晴將書從金武身上拿走，抽出一把刀，深深地刺入金武的心口。金武難以置信地望著從後背刺到胸前的刀劍，死不瞑目。

黎諾依身上的屍斑不停地擴散，顯然，哪怕是砍斷了所有樹根。饒妙晴身上的詛咒，仍舊在朝著黎諾依身上湧入。

我一咬牙，將飛劍收了起來。

「阿夜。對不起。」黎諾依溫柔地看我：「小女子不才，不能陪你，過一輩子了。」

「笨蛋！笨蛋。」我摸著她的臉，女孩的臉已經沒有了從前的柔軟和溫度。肉體在腐爛，就連她的意識，也在崩潰。

「等我，我一定會救妳的。無論如何，也要等著我。」我在她冰冷的唇上親了一下。女孩湧出眼淚，她絲毫不在意自己是不是會死去。她的淚，全是幸福。

「嗯，我等你。」

黎諾依一邊哭著，一邊笑著。她秀麗無比的臉龐上，爬滿了灰敗。灰敗爬上了紅唇，模糊了我眼中的顏色。

「拉勾。」我握住了她的手。

「嗯，拉勾。我等你。我會穿著我的白裙子，一直等你……」

我流下了眼淚，看著她最後的色彩被灰敗掩埋。我轉過身，將眼淚抹掉，臉上的冷意已經憤怒已經到了極點。

我冷冷地看著將陳老爺子的半根肋骨自書中取出，拼湊到一起後，得意大笑的對饒妙晴說：「現在，該輪到處理妳了。」

饒妙晴調侃地看著我，彷彿在看一隻隨手能捏死的螞蟻：「你要處理我？這真是我這輩子聽過最有趣的笑話。」

我看著她，像是在看一個死人：「我覺得妳這輩子，才是笑話。妳惹了不該惹的人，要談對妳手上那根肋骨的主人的認識，你們一家老小上下兩千年，都不及我一根指頭。」

饒妙晴沒再開口，眉頭一皺，隨之眼皮就跳了跳。

「怎麼，樹不聽妳的使喚了？」我嘴角一咧，從懷裡掏出了一個敞開了的玉盒子。比巴掌大一點的玉盒子並不起眼，就那麼安靜地敞開在我手掌心中。

「這是什麼？」饒妙晴眼神凝重起來。

我不多話，將九竅玉盒遠遠地朝她扔過去。只見在她的驚呼聲中，她手裡的陳老爺子肋骨，飛起來，飛入了玉盒子中。

等那根骨頭完全進入了盒子，九竅玉盒猛地合攏。

陳老爺子屍骨帶來的超自然力量在崩塌，森林，開始顫動崩潰。饒妙晴嚇得心驚膽戰，失去了所有力量的她尖叫著，朝九竅玉盒撲過去。

我掏出手槍，毫不猶豫的一槍打在她的腦門心上。機關算盡的女人，在自己驚恐以及難以置信中，死了。

這一次，她是真的死得不能再死了。

我帶著沉重的腳步，看著棺材裡的黎諾依，將她抱了起來。

「一定要等我！」

我咬著嘴唇，咬出了血也不自知。懷裡的伊人已經沒有了氣息。

「我們拉了勾的，妳一定要等我。」

「穿著妳的白裙子，等我！」

尾聲

黎諾依覺得自己做了一個很長很長的夢。

夢裡，她又回到了故鄉，回到了黎村那座小城。

爸爸媽媽並沒有死去，她只是一個平凡的小城姑娘，每天都過著年復一年的日子。

有一日，她爬上了黎村附近的小山，從山頂看下去，整個小城都籠罩在綠野中，疏疏落落的建築若隱若現，顯得那麼渺小。她覺得自己怎麼沒有趁年輕到外面去闖，為什麼就沒想要去城市精彩一場，怎麼就如秋葉一樣在小城裡過著瑟瑟縮縮的日子？

但是這樣的日子，竟然還令自己覺得，那麼的安心？

每一年，她都看著秋天的梧桐樹發呆。她希望自己能夠像街邊那些梧桐樹一樣，到秋天就落葉，第二年又抽出新綠。

但是，她卻不能長出新鮮的芽。

她，只是如同落在地上枯掉的梧桐樹葉一樣，依舊在黎村捱過這個小城一個又一個又濕又冷的春夏秋冬。就如同這個不適宜生存的春夏秋冬中，有什麼東西，值得她等待那樣。

有一年，黎諾依坐在院子裡看書，一本關於愛情的小說。她雪白赤裸的腳在木椅子上一晃一蕩。

眼睛掃過書上的一段詩：

做一隻有夢想的兔子，吃完胡蘿蔔，就去找你。
你別心急，等著我，去找你。
這段漫長時光裡，我先去努力。
等到你門前的梨花樹開了，我就要穿上我的白裙子，去見你。

有一年，黎諾依種在院子裡的玫瑰開了，她其實知道那是月季，不是自己喜歡的純種的玫瑰，但還是非常好看。

真的！因為，那個人曾經說過，月季就像最美麗少女的笑顏。就像她。

黎諾依多希望自己等待的人會突然出現在自己的院子裡，指著月季，笑著說：「妳看，開了一朵。」

那滿院子的月季，帶著一種難得的閒情，怒放出姹紫嫣紅。

有一年，黎諾依蹲在母親的菜地裡，看著欣欣向榮的菜葉，曬著暖陽，感覺好極了。

有一年，黎諾依的閨蜜說，昨晚妳看見銀河了嗎？

沒有？那真是太可惜了，早知道我會叫妳起床的。凌晨一點，我一個人走在街上，偶然抬頭，看到一輪銀河流洩整個天空，真是太美了，我都快走到妳樓下了。從小城東門走到西門不過半小時嘛。

又一年。

秋天，梧桐又落葉。月季已經到了快要凋謝的時候，卻綻放出最美的繁花。黎諾依又坐在了自己的小院裡，她光著赤腳，坐在木椅上雙腳一擺一擺的。看著院子外那條小道上，梧桐樹葉在風中落地。

桐葉像枯葉蝶似的在秋風中漫天飛舞，然後擲地有聲，完成一季生命輪迴。她想，再過一段時間就會有園林處的人來，一棵棵地修剪梧桐的枝葉。

一段時間後，郊外公路上那些樹也會刷上雪白的石灰，準備過冬了。交警們會站在公路上嚴加檢查，南來北往的人，讓他們平平安安回家過個年。

早上，騎車趕著上班。迎面碰到上班的爸爸，爸爸住東邊，秋陽在他背後升起來，鮮亮鮮亮的。黎諾依叫道：「爸爸！」

他在街對面，衝她點了頭，騎過去了。黎諾依覺得滿街上都飄滿一種舒暢的感覺。

下午，下班得早了。黎諾依又騎著單車在梧桐樹葉紛飛的街道上回家。小院裡的月季冒出頭來，探到圍牆外。

幾藤紅色的繁花下，一個男子站在門前看著花。

「妳看，開了好多。」男子轉過身來，含著笑看她。

黎諾依也笑了，她低頭看了看自己。她穿著一襲白裙子；她離他越來越近；他的瞳孔中，倒映著她被風吹起的白裙和隨風吹亂的長髮。

「對啊，開了好多。喜歡嗎？」

「喜歡啊。」

黎諾依明白了自己為什麼會在這座小城裡等待，因為她等待的是一個感覺，一個承諾。

這種感覺，這個承諾，叫——

幸福！

□

很長很長的夢，但再長再幸福的夢，終有結束的時候。

夢境的盡頭。黎諾依清醒了過來，病床上的她長長的眼睫毛動了幾下，之後艱難地睜開了眼睛。

「阿夜。」她張了張嘴，聲帶發出了輕微乾啞的彈動。

映入她眼簾的第一張臉，正是我。

「阿夜，我夢見你了。是你救了我？」

我點點頭，握住了她的手。黎諾依在瀕臨死亡的狀態很久了，哪怕是清醒過來，指尖仍舊冰冷。我心痛地將她的手牢牢抓在我的手心，想要給她溫暖。

「好暖和。」黎諾依微微一笑，曉花的笑顏，無比的憐楚，「本來應該是我救你的，可你又一次救了我。」

「不，確實是妳救了我。」我摸了摸她秀麗的頭髮，柔聲道：「答應我，不要再做同樣的傻事了。我知道我在做什麼，也知道付出的代價。我只想妳，好好的，一輩子。」

「知道了。知道了。病好了，我想去先買一條白裙子。」黎諾依蒼白的容顏上，笑容漸濃。我們對視著，視線中全是對彼此的溫柔。

「對了，你是怎麼救我的？」女孩想要撐起身。

我背過了身去，不想讓她看見我的臉。

是啊，我是如何救她的。不，應該說現在的她，究竟算是什麼？

這一輩子，我都會隱瞞著她，絕不會讓她知道！

後記

冬天總算過去了。

又到了春暖花開的春天。

很好。大家一窩蜂地走出去，看植物的生殖器官的日子又到了。每年的春天我都是開心的。因為有許多時間可以做許多事情。每一個春天，我都覺得似乎人生都像重置了一般。

可是人生哪有可能重置。

從冬天到春天，這短短的幾個月，經歷了滿多的事情。忙著累著充實著。就連過年也沒有好好的過。依據《夜不語詭秘檔案》系列拍的電影上映了。最近也在忙著開拍系列劇。自己要經常在劇組和家之間，來回地奔波忙碌。

最近想了許多的東西。也許越是忙碌，人越是不得閒，越會想些亂七八糟的事情。

我不是一個愛忙碌的人。

我的人生目標一直都很簡單而堅定——買幾間房子，全租出去，然後一天到晚過沒羞沒臊收著房租坐吃等死的日子。

我經常跟妻子說，如果有一天，被動收入能夠覆蓋家裡的全部開支，我就不工作，也不寫小說了。畢竟寫作這條路，實在是太累太艱辛。辛辛苦苦寫了一本書，盜版卻先出來了。好不容易出版了，不賺什麼錢不說，還經常吃力不討好，被嘴巴毒的讀者罵得一文不值。

少數情況下，如果書尚且銷量還不錯，有時還會遇到剛剛還合作得很好的出版社拖欠了一大堆的版稅後，倒閉了。最後作家一分錢都拿不到。你看，現在作家的寫作環境，就是這麼惡劣。

而且寫作，常常伴隨著大量容易復發的職業病。

長年的寫作，讓我的腰和頸椎很脆弱。去年吃了一整年的止痛藥和治療脊椎的藥物後，這個月才稍稍好一些。但坐久了，仍舊痛得難受。

我經常想，如果我有足夠的錢。就每天賴在家裡，閒的時候出門看看花、騎騎車。然後就這樣看著餃子一天一天長大，陪著她，悠然老去。過歲月靜好的人生。再也不用為生活焦慮。

突然有一天，這個夢想居然真的實現了。工作的這許多年，寫書確實是沒有賺到錢。但是自己的本業工作和《夜不語詭秘檔案》的影視化，倒是賺了些錢。回頭一看，自己竟然在不知不覺中基本實現了財務自由。

於是我過了一段沒羞沒臊，每天除了吃就是玩的日子。從前的工作，偶爾還會做一做。那段沒有壓力的時間裡，確實挺有趣。晚上帶餃子玩玩。白天和妻子到處逛街、騎車，鍛鍊身體。

這就是為什麼最近一兩年時間，自己寫書很少的原因。因為真的煩透了寫作，煩透了簡體出版亂七八糟朝令夕改的政策和出版環境。自己只想蜷縮在自己的世界裡，看著雲起雲落。外邊的喧囂，和我無關。

但是過了一年多以後。我突然發現這種什麼都不幹的日子，其實挺無聊的。像個三十多歲的老年人。沒有目標，生活沒有意義。也一丁點都不充實。

於是，我又提起了筆繼續寫《夜不語詭秘檔案》系列。

拿起鍵盤，開始寫第一個字的瞬間。自己舒服地伸了個懶腰，驚訝地發現，果然自己還是閒不住的。我可以不工作，寫作可以不賺錢，但是我不能不敲打文字。

寫些東西出來，幸運的是還有人讀，我的人生才有完整度。

有人說，你只有試過躺下不工作，才知道不工作的日子有多麼爽。可我過上一直以來期待的坐吃等死的日子後，才驚訝的發覺，自己居然不是個喜歡坐吃等死的閒人！

所以有一句話說得對，最懂你的不一定是你自己，還真是沒毛病。

好了，扯遠了。

這篇後記的最後，照例來談談《夜不語詭秘檔案》系列吧。這本是第八部的最後一本，是開始，也是結束。整個第八部，我都在做不同類型的嘗試。

畢竟《夜不語詭秘檔案》系列，已經出了六七十本了。正如我以前說過的那樣，該寫的類型都已經寫過。沒寫的東西，就算寫了，大概也不好出版。

所以本系列該朝哪個方向走，說實話每次在寫一個題材前，在提筆的時候，自己很多時候都有些猶豫。

其實想要寫的題材滿多的。可是隨著年齡，和時間，以及精力的原因。許多劇情都無疾而終了。

我總是想寫一些，最好的故事給讀者。越是想追求精益求精，反而寫到最後卻難以收尾。有好幾次我都想將《夜不語詭秘檔案》系列結束，重新開一個系列。畢竟這個系列，寫了十七年，極長的時間裡，讓《夜不語詭秘檔案》系列裡面出現了大量的硬傷和劇情矛盾。

如果真的重新開系列，那麼自己有自信，從一開始就會佈局得更好。

但，我又終究捨不得放棄這個系列。因為大綱裡還有許多故事沒有寫出來。所以一直以來，我都對是不是結束它，懸而未決。

抱歉，這篇後記是趕往片場的飛機上用平板電腦寫出來的。思緒有些亂。請見諒。

之前試著問過一些有交流的忠實讀者朋友。大家都不願意這個系列結束。所以，現在自己暫時還是會繼續將《夜不語詭秘檔案》系列延續下去。

那麼，《夜不語詭秘檔案》的第九部，逐漸又會恢復到一本書一個故事呢。請大家，繼續支持這個系列喔。

夜不語

夜不語作品 24

夜不語詭秘檔案 806：人肉叢林

國家圖書館出版品預行編目資料

夜不語詭秘檔案806：人肉叢林 ／ 夜不語 著.
一 初版. 一 臺北市：春天出版國際， 2018.08
面；　公分. 一（夜不語作品；24）
ISBN 978-957-9609-68-5（平裝）
857.7　107010146

ISBN 978-957-9609-68-5
Printed in Taiwan

作者	夜不語
封面繪圖	Kanariya
總編輯	莊宜勳
主編	鍾靈
美術設計	三石設計
出版者	春天出版國際文化有限公司
地址	台北市信義區信義路四段458號3樓
電話	02-7718-0898
傳真	02-7718-2388
E-mail	story@bookspring.com.tw
網址	http://www.bookspring.com.tw
部落格	http://blog.pixnet.net/bookspring
郵政帳號	19705538
戶名	春天出版國際文化有限公司
法律顧問	蕭顯忠律師事務所
出版日期	二〇一八年八月初版
定價	170元
總經銷	楨德圖書事業有限公司
地址	新北市新店區寶興路45巷6弄6號5樓
電話	02-8919-3186
傳真	02-8914-5524

夜不語
詭秘檔案

夜不語

詭秘檔案

夜不語
詭秘檔案

夜不語
詭秘檔案